단어의 귓속말

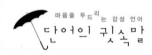

마음을 두드리는 감성 언어
단어의 귓속말

초판 1쇄 발행 | 2015년 7월 27일

지은이 | 김기연
펴낸이 | 이원범
기획 · 편집 | 김은숙, 김경애
마케팅 | 안오영
디자인 | 이윤임

펴낸곳 | 어바웃어북 about a book
출판등록 | 2010년 12월 24일 제2010-000377호
주소 | 서울시 마포구 서교동 394-25 동양한강트레벨 1507호
전화 | (편집팀) 070-4232-6071 (영업팀) 070-4233-6070
팩스 | 02-335-6078
ISBN | 978-89-97382-86-6 03810

마음을 두드리는 감성 언어

단어의 귓속말

| 김기연 지음 |

어바웃어북

단어에게도 등이 있다.

뒷모습을 보기 전에는 결코 볼 수 없는 단어의 '아우라' 말이다.
그는 보통 인간이 만들어낸 문장으로 꼴을 갖추지만
그로써 환희에 차거나 찬란하지는 않다.
뭐랄까 아직 햇살을 받지 못한 그늘 속 꽃이랄까.

드러난 얼굴이 아닌 드러나지 않은 단어의 이면이 궁금하다.
단어 없이 문장은 온전히 서지 못하고,
문장 없이 단어와 단어 사이의 관계도 바로 서지 않는다.
서로의 외면만 보며 구축된 모든 관계의 사이가 궁핍한 것처럼
단어도 그럴 것이다.

인간이 단어에게 걸쳐놓은 인위적인 옷을 벗기고 싶었다.
그래서 오늘 밤도 단어에게 추파를 걸지만 그는 도도하고 냉담하기만 하다.
그러나 그를 한 겹씩 벗기기 시작하면 '이만하면 됐어!'라고
끝맺을 수 없을 정도로 황홀하게 반응한다.
때로 희열이란 껍질 안쪽에서 통증 비슷한 것과 직면하면
단어와 인간의 생이 크게 다르지 않음을 깨닫는다.

놀이를 하듯 단어 하나를 입에 넣고 오래도록 굴리다가 삼킨다.

이것은 대체로 충동적으로 시작된다.
혀로 살살 간질이거나 터트리기라도 할 것처럼 이빨로 깨문다.
가끔은 볼 안에서 사탕을 녹이듯 그대로 둔 채 가만히 기다린다.
놀라운 것은 입으로 애무하는데 느끼는 건 머리라는 사실이다.
단어의 황홀한 뒤척임으로 세포들은 불꽃놀이를 벌인다.
단어의 등을 보거나 살포시 어루만지고 있으면
삶에 기진맥진한 머릿속 세포들이 일제히 일어선다.

사전에 포획된 단어의 뜻풀이는 진부한 연애처럼 시큰둥하다.
아름답지만 멍한 표정이다. 긴 세월 갇혀서 멍청이가 되기라도 한 것 같다.
누워서 일어설 줄 모르는 단어를 입에 넣고 느낄 때
녀석도 몸을 비비 꼬고 있다는 걸 눈치채지 않을 수 없다.
몸을 포갠 채 혀로 등을 애무하면 그는 꿈틀거리며 입술을 달싹거린다.
그 모습에 나는 더욱 뜨거워진다.

달뜬 그가 내게 속삭이듯 귓속말을 내뱉는다.
목소리는 비밀을 토로하듯 거침없지만 조심스럽고 가녀리다.
그 순간이 되면 단어가 내 곁을 배회하는 것인지,
내가 단어를 기웃거리는 것인지를 알지 못한다.

그저 입으로 애무하고 머리로 느끼는 걸 멈출 수 없을 뿐이다.

인간의, 인간에 의한 정화수

우주의 어둠을 밀치며 몇 십만 광년을 달려온 별빛,
사랑하는 이의 목에서 우아하게 흔들리는 펜던트에 박힌 보석,
막 떠오른 햇살이 간지럽다고 꿈틀거리는 자갈과 파도와 다를 바 없다.

눈물은 지극히 인간적이면서도 우주에서 날아든 물질처럼 낯설다.

뺨을 타고 흐르는 눈물의 함의를 제멋대로 해석하는 건
목격자의 과잉된 감정이다.
특히, 이별하는 자리에서 흘리는 눈물은 더더욱 믿지 말 것.
증폭된 감정이 존재를 흔들면 뭔들 쏟아내지 않겠는가.

인간의, 인간에 의한 정화수.

눈물이 짠 건 진실이 상하지 않게 하기 위해서다.
인간이 얼마나 변질이 잘되는 존재인가를 여실히 보여주는 증거다.
눈물은 인간의 순수성을 오염되지 않게 지켜주는 방부제다.
삶에 찌들면 눈물이 마르고, 마음은 쩍쩍 갈라진다.
눈물은 몸의 바다다.
그렇기에 몸에서 나오는 물은 짜다. 땀도 그렇고 눈물도 그렇다.

바다가 우리 안에서 출렁인다.
삶의 신산함에 한번씩 몸 밖으로 울컥울컥 파도친다.
눈물은 불온한 것들을 정화시킨다.

어 떤 날 에 는 흐 르 는 눈 물 을 방 치 해 도 괜 찮 다 .
당신을 소독하는 중이니까.

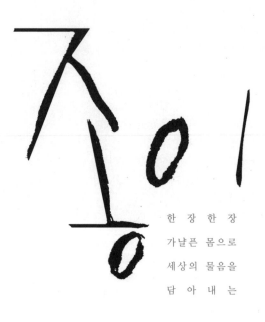

종이

한 장 한 장
가냘픈 몸으로
세상의 물음을
담 아 내 는

빈 종이는 아직 오지 않은 미래다.

쓰여지지 않은 글, 그려지지 않은 그림, 채워지지 않은 음악이다.
얇지만 가장 두터운 세계를 담을 수 있고,
가볍지만 가장 무거운 주제를 보듬을 수 있다.
그는 몸에 무엇이든 쓰여지고 그려지기를 소망한다.

따스한 손길이 당도하면, 새로운 생이 시작되고 있음을 직감한
그의 얼굴이 눈밭처럼 밝아진다.
누군가 몸을 어루만지기 전까지 그의 영혼은 빛깔이 없다.
쓰여지고 그려지고 채워질 때
그는 비로소 하나의 생을 이해하는 존재가 된다.

누구라도 그를 저울에 올려 무게를 달 수 있지만
누구에게도 자격이 주어진 적이 없다.
설레는 마음으로 뭔가를 채우려는 자들에게만
들뜬 표정으로 지체 없이 흰 몸을 내어주는 그는
주인의 마음을 고스란히 닮는다.
사랑은 사랑으로 받고, 미움은 미움으로 채운다.

흰 몸을 꿈틀거리며 누군가를 기다리는 그를 만나게 되거든
온 힘으로 안아라.

그 종이에 무엇이 잉태될지 미지수이므로.

어 두 워 야 만 보 이 는 하 늘 에 난 구 멍 .

별은 수줍음이 많아서 밝은 낮에는 숨어버리기 일쑤다.
그렇기에 대낮에도 보이는 녀석은 어마하게 큰 구멍이다.
인간의 신체를 형성하는 많은 재료가 별에서 왔다는 학설이 믿기지 않지만,
이 구멍에서 최초의 인간이 태어났을지 누가 알겠는가.

별이 아름답다는 말은 구멍 너머의 세계가 휘황하다는 뜻이다.
총 총 빛 나 는 모 습 이 확 실 한 증 거 다 .
우 주 에 서 보 면 지 구 도 하 나 의 별 이 고 구 멍 이 다 .

그   구 멍   산 다 .
                            우 리 가
            속   에

'하늘이 무너져도 솟아날 구멍이 있다'는 말을 되뇌는 걸 보면,
별 이 구 멍 이 라 는 확 실 한 증 거 다.
힘든 자들은 오늘이 지나기 전에 숙인 고개를 빳빳이 들고
희 망 의 징 표 인 저 구 멍 을 보 라.

역 시. 솟 아 날 구 멍 이 있 지

않 은 가.

어두워야만 보이는 하늘에 난 구멍

상상할 수 없는 삶을 상상하는 건 　　　 상상할 수 없는

돈 한 푼 쓰지 않고 세상을 바꾸는 생각의 혁명.

일 년 내내 대륙과 대륙 사이를 달리는 바람으로 만든 전기,
하늘에 이산화황을 뿌려 지구의 온도를 식힐 인공 구름,
비관적인 세계를 구원하기 위해 더 나은 행성을 찾아 떠나는 탐사 우주선…….
생각의 혁명은 일상의 전복을 뜻하지 않는다.
일상에 발을 딛고 선 채 지금보다 더 나은 삶을 지향하는 생각이다.
그동안 무수한 상상이 현실과 이성으로부터 압박받다가
질식사하거나, 소문 없이 자취를 감췄다.
놀라운 상상이 당대에 공상으로 치부됐던 걸 보면 말이다.

현실이라는 세계는 이미 존재하는 지금을 뜻한다.
모두에게 필요한 상상은
실재하지 않는 부재의 미래를 현재로 소환하는 일이다.

상상은 공상과 다르다.
뜬 구름처럼 허공을 밟고 선 것이 공상이다.
땅과 같이 단단한 기반 위에서만 작동하는 생각의 원천이 상상이다.
지식과 상상이 결합되지 않은 놀라운 발명이나 발견은 없다.
동시에 상상의 힘이 우리를 위험에 빠트리기도 한다.
달나라에 가기 위한 로켓이
원자폭탄을 실은 대륙간탄도미사일이 되기도 하였으니까.
이렇듯 상상이 테러리스트가 될 수도 있으니,
늘 좋기만 한 건 아니다.

그렇더라도 멈출 수 없다.
상 상 할 수 없 는 삶 을 상 상 하 는 것 이 더 비 극 적 이 니.

나무

뿌리 하나로

세상을 힘껏 부둥켜안은

잊고

지내던

시 간 을

문득, 깨닫게 하는

계 절 의 눈 금.

그는 사는 게 서는 일이며,

제 발로 거뜬히 서지 않고서는

온전한 존재일 리 없다고 몸으로 증명한다.

어디에 뿌리를 내리든 탓하지 않고

묵묵히 깊어지고, 높아지고, 펼쳐진다.

그것이 생을 부여받은 존재의 마땅한 태도라는 듯이.

그렇지 않고서야 뿌리로 세상을 힘껏 부둥켜안을 리 없다.

나무는 삶이 힘껏 안는 일인 줄 안다.

허투루 잡고 있다가는 예보 없는 폭풍에

허망하게 쓰러질 수 있다는 불안이 그를 단단하게 만든다.

힘겨운 환경에 처할수록 시퍼렇게 벼린 도끼날마저도 문드러질 만큼

더디게 나이테를 그려 강철처럼 단단해진다.

그는 늘 어디론가 떠나려 뿌리를 땅 밖으로 뻗친다.

그럼에도 떠날 수 없기에 자유로운 영혼의 구름과 바람,

새와 곤충의 이야기를 들으려 품을 열어 손님을 맞는다.

죽어야만 떠날 수 있는 숙명을 깨트리기 위해 열매를 맺고,

짙게 가지를 펼친다.

그러던

어느 날,

그는

기어이

꿈을

이룬다.

연필로, 책상과 의자로, 침대로, 배와 집이 되어 새 삶을 산다.

생 을 온 전 히 전 복 시 켰 을 때 만 도 래 하 는 다 음 생 이 다 .

오직 자신만이 요청하고 따를 수 있다

자신을 버릴 때 돋는 힘.
달콤한 내일을 위한 아픈 기대.
자기와의 치열한 싸움이지만 강요되는 순간,
한낱 부질없는 고통으로 전락하고 만다.

강요된 견딤의 요청은 권력적이다.

없거나 약한 이에게는 쓰디 쓴 잔일 뿐이다.
오직 자신만이 인내를 요청하고 따를 수 있다.
그렇기에 고통과 비루함, 하찮음을 이기는 인내는
현실과의 힘겨운 투쟁이다.

미래에 대한 기대 없는 견딤은 슬프다.

제 안에 희망의 강을 흐르게 하는 인내는
삶의 통증을 향한 자발적인 다이빙이다.
뛰어들어 견디고 또 견뎌서 기대의 미래를 실현하는 버팀이다.

청춘

투명하면서도 날카로운   농담

언제든 마그마를 뱉을 수 있는 화산과 같다.

숲을 이루고 있는 흰 머리카락이나 깊고 굵은 주름,
허술해진 몸이나 굽은 허리로 분별되지 않는다.
마음이라는 들판에 도전과 용기, 희망이 시들지 않고 꼿꼿한 시절이다.
그러니 청춘은 반드시 오고 가는, 피고 지는 계절의 순환과는 다르다.
구름같이 상상력이 뭉글거리고,
무엇에도 얽매이지 않고, 자유롭고 유연하며
어떤 억압과 시련에도 꺾이지 않는 단단함을 품고 있다.

이 때를 스치듯 허무히 지나칠 수도 있고,
오래도록 지속할 수도 있다.

품고 지내는 동안은 오롯이 제 것이다.
그렇기에 청춘은 한 번만 오고 가는 것이 아닐지도 모른다.
준비만 된다면 언제든 다시 돌아올 수 있다.
그러나 요상하게도, 떠난 버스는 쉬이 돌아오지 않는다.

청춘은 마땅히 사람다움을 지닌
순수한 농도의 열정,
투명하면서도 날카로운 농담,
지극한 삶에의 의지를 먹고 산다.
그러니 주름진 노인도 청춘일 수 있다.
혈기 왕성한 젊음이 청춘의 특징이 아닌 까닭이다.

두려움을 잊은 심장의 푸른 빛깔만이 청춘을 가늠하는 잣대다.

당신은, 여전히 청춘인가?

새벽 하늘처럼   짙고   깊은

속 깊 은 그 녀 .
검은 액체를 품고 살면서도 제 빛깔을 잃지 않아서 사내들이 사랑한다.
심장 가장 가까이에 그녀를 두고 있는 걸 보면.

그녀는 평소에 온화한 품성이지만 때로는 신경질적이다.
사내의 하얀 셔츠에 검게 탄 속내를 내비쳐서 관심을 끌기도 한다.
그럴 때는 꼭 연인에게 쏘아대는 싸늘한 눈빛과 견줄 만하다.
하지만 가끔 눈물을 흘린다.
인간처럼 쉬이 마음이 변하지 않는다.
새벽하늘처럼 짙고 깊다.

가끔은 입을 굳게 다물고 토라져서 사내의 속을 태운다.
그럼에도 그녀의 우아한 입이 사내들을 흔든다.
아름답고 매끈한 몸도 매력적이지만,
차갑고 도도한 몸짓으로 언제든 촉촉한 입술을 내미는 그녀에게
빠지지 않을 사내가 어디 있겠는가.
때로 사내는 이토록 매혹적인 그녀에게서 눈길을 돌리고
낯선 여인에게 시선을 보내기도 한다.
그녀도 어쩔 수 없는 사내들의 소유욕이다.
이런 일이 생길 때는 그녀의 마음이 다치지 않도록
해묵은 감정을 깨끗이 비워주며 다독여야 한다.

만년필은 낙타와도 닮았다.
사막을 건너는 참을성 많은 동물처럼 오래도록 검은 잉크를 몸에 품고 있다가
필요한 순간 흰 종이 위에 제 것을 묵묵히 내어놓는 걸 보면.

쓸 수 있지만 참을 줄 아는 것,
오랜만에 만나서도 낯설지 않게 사랑하는 것은 어려운 법이라고
한없이 무거운 입을 가진 그녀가 우아한 입술로 말한다.

소주

목구멍을 태우는 맑은 파도, 휘청대는 정신

쏴 아 하 며 , 어둠의 골짜기로 뛰어내리는
색이 없는 바다. 흰 포말의 현기증.

휘청거리기 전에 이 바다의 현기증을 안다는 건 거짓이다.
두서없는 주정꾼의 헛소리다.
일시적으로 기분이 명랑해지지만 곧 허무가 포말처럼 덥친다.
이 맑은 바다가 철썩, 목 줄기를 치고 쏟아져 몸의 방울이 될 때
어떤 잔은 쓰고, 어떤 잔은 달거나 아프다.

그제야 '소주가 이 맛이구나!' 하고 알게 된다.
답답한 것을 후련하게 씻는 이것에 매혹되면
세이렌의 노랫소리처럼 찰랑거리는 바다를 거부하기 힘들어진다.
맑디 맑은 차가운 바다가 목구멍을 타고 넘을 때
잊을 수 없는 온기가 몸을 만진다.
따스한 손같이 이것은 이상한 힘을 지녔다.
가난한 이의 마음을 넉넉하게 채우며,
고독한 시골 농부를 부러울 것 없는 임금으로 만들며,
시집 한번 읽은 적 없는 이를 시인으로 바꾼다.
넓은 품으로 모든 것을 안는 동시에
나는 누구인가, 삶이란 무엇인가 하는 질문을 던지게 한다.

바다가 몸의 안쪽 깊은 곳에 닿아서 그렇다.

바다를 삼키면 닫혀있던 세계가 열리기 시작한다.
무엇이 튀쳐나올지 아무도 모른다. 바다조차도.

어떤 이는 누군가의 깊은 곳을 깨우는 이 맑은 것을 불편하게 여긴다.
가둬졌거나 짓눌렸던 것들이 생을 전복시키고
내면에 거대한 파도를 일으킬 수 있기 때문이다.
몸으로 들어간 바다는 소란을 일으킨다.
거센 파도에 파랑주의보가 발령된다.

깊은 바닥에 가라앉았던 폐사 직전의 생각들이 부상한다.
이러니, 현기증이 나는 이 바다에 매혹되지 않을 방도가 없다.

쉽고도 어려운

관계의

징표

친구

신이 인간을 창조한 뒤 혹시나 빠트린 것이 없는지 가만히 살펴보았다.
먼저 자신을 돌아봤다.
전지전능하지만 곁에 아무도 없어서
이따금 쓸쓸했던 걸 깨닫고 인간에게 줄 선물을 떠올렸다.

친구를 사귈 수 있는 기회를 준 것이다.

육체와 영혼을 가지고 태어난 인간은 늘 외롭다.
세포에 각인되어 노력과 의지로도 바꿀 수 없는
이 감정을 잊게 해줄 진통제가 바로 친구다.
힘겨울 때 그가 곁에 있는 것만으로도 위로가 된다.

친구는 공기와 같다.
그렇기에 늘 곁에 있지만
있다는 사실조차 종종 잊어버리는
아주 가까운 사이.

하지만 가까운 것이 지극히 멀게 느껴질 때가 있다.
친구는 쉽고도 어려운 관계의 징표다.
진 짜 친 구 가 몇 이 냐 는 물 음 앞 에 서
우 리 는 얼 마 나 난 감 하 고 어 려 워 했 던 가.
어쩌면 진짜 친구는 별이나 달, 비나 눈과 같은 사람이다.
오랜 시간이 흐른 뒤 만나도 낯설지 않고,
친구의 말을 다정하게 듣고만 있어도 지루하지 않고,
함께하는 자체로 기분이 좋아지니까.

누군가에게 진짜 친구가 있느냐고 묻지 마라.
그러기 전에 자신이 누군가에게 진짜 친구인지를 먼저 물어야 한다.

힘겨울 때 그가 곁에 있는 것만으로도 위로가 된다.

뽀드득 하며,

그 사람에게로

들어간다

생이 심심하다거나 밋밋해지는 사람이 많아질 즈음
짜지도, 맵지도, 달지도 않은 순백의 결정체가 내린다.
세상은 여전히 아름답고 살만하다며 마음의 어깨를 다독인다.

봄에 꽃이 피는 것도 마찬가지다.
냉정한 계절을 잘 견뎌줘서 고맙다고 꽃다발을 건네는 것이다.
눈을 보고 가볍다거나, 아름답다거나, 행복하다거나,
불편하다거나, 귀찮다고 여기는 건 그 사람의 마음이 그런 것이다.

누군가 자신을 밟으면 '뽀드득' 하며 그 사람에게로 들어간다.
그렇게 눈은 그이의 몸이 되고 표정이 된다.
제 안에 햇살을 차곡차곡 쌓은 소금같이 희어진다.

사람들이 눈을 좋아하는 건 세상의 빛깔이 탁해서다.
쌓인 눈이 며칠을 견디지 못하고 어둡게 변하는 건 세상이 그렇다는 방증이다.
발길이 닿지 않는 외진 곳에 쌓인 눈은
겨울이 다 지나도록 제 빛깔을 지키지 않던가.
내리는 눈을 자주 보면 눈이 맑아지고,
내린 눈을 자주 밟으면 마음이 희어진다.
그렇게 눈은 우리를 순백의 시절로 되돌린다.

눈은 안을 비워서 무게를 가볍게 한다.
그리움으로 생이 무거워진 사람에게서 그것을 거두어 제게 채우기 위해서다.
누군가를 그리워하는 이가 외로움에 밤을 새지 않도록.

그 리 움 에   빛 깔 이   있 다 면   막   당 신   어 깨 에   앉 은   눈 빛 이 다 .

머릿 속에서 자라는

나무

머릿속에서 자라는 나무.
인간임을 증명하는 징표이자, 스스로를 가두는 감옥.
위대하다 여겨지는 이 행위가 문명이 제공하는
볼 것, 들을 것, 느낄 것, 취할 것, 먹을 것, 가질 것에 취해 휘청거린다.
머릿속은 나무가 죽고, 잡초만 무성한 숲이 되었다.
인간은 '생각하는 법'을 당연한 것으로 치부한다.
그런 인식과 달리 생각하는 건 어렵기만 하다.

어느 순간 인간답게 '생각하는 법'을 새로 배워야 할 지경이 되었다.
주체성을 잃은 채 삶을 둘러싼 외부적 요소들에
지속적으로 영향을 받아왔기 때문이다.
보 이 지 않 는 생 각 은 실 체 가 명 확 하 지 않 아 서 까 다 롭 다 .

생각하는 법을 제대로 배운 이가 드물다.
태어나는 순간에 유산처럼 물려받는 본능이라 믿어버렸기 때문이다.

'생각'과 '사유'라는 단어가 유행어가 된 것은
그것이 삶에서 훼손된 까닭이다.
우습게도 가장 인간적인 특징인 생각하는 법을 다시 배우게 생겼다.
말과 행동이 생각에 뿌리를 내리고 있다는 사실은 변함이 없다.
그렇기에 이 세상의 꼴은 사람들이 품은 생각의 풍경이다.
한 사람의 꼴마저도 그가 하는 생각의 투사이다.

"생각 좀 하고 살아라"는 말은
생각하며 사는 일의 어려움을 직설 화법으로 드러내는 부끄러운 문장이다.

이 별은 우주의 어떤 일로 생겼다.
처음에는 그냥 불덩어리였다.
몹시 뜨거웠고 서서히 식어갔다.
불은 땅속으로 숨어들었고 황량한 땅은 어떤 이유에서인지 불안에 떨었고,
자꾸만 크게 떨려서 땅과 땅이 서로 부딪치고,
그 충돌로 산이 돋고 골짜기는 깊어졌다.

그렇게 높고 낮음이 생기고, 산 정상과 골짜기마다 바람이 불고
비와 눈과 우박이 내리고 번개와 천둥이 함께 치고 회오리가 일고.
넓어질 것은 넓어지고 좁아질 것은 좁아지고,
허투루 생긴 것도 허투루 사라지는 것도 없이
수많은 별 사이에서 균형과 규칙이 생기고,
큰 불덩어리가 별 주변을 돌면서 낮과 밤이 분별되고,
계절이 순환하고, 낮은 곳에 물이 고여 생명이 깃들고,
분화와 진화를 거듭해 숱하게 많은 생명체로 태어나고,
모든 것이 이름을 가지게 되고, 지능이 생길 것은 생기고,
저마다에게 삶이 부여되고, 삶이 생이 되어 대와 대로 이어지고.
그것들이 조화롭게 때로는 부조화를 일으키며 살아가고,
우주를 통째로 압축해놓은 것같이 온갖 일이 벌어지고,
나타나고 사라지고,
태어나고 죽고,
모든 것이 돌고 도는 행성.

이 행성이
이유 없이 도는 것은
아 닐 테 지 만 ,
돌고 도는 둥근 땅이라 하여
지 구 라 고 부 르 기 시 작 했 다 .
다 시 이 런 행 성 을 만 나 려 면
수 천 억 만 년 보 다
더 오랫동안 돌고 돌아야 할지도
모 른 다 고
걱 정 하 면 서 .

지구

허투루 생기는 것도
허투루 사라지는 법도 없는

낱말과 문단, 그 겹들 사이를 서성이는

채집된 텍스트.
포획된 것이라 해서 추억이 없는 가공식품이 아니다.
미동은 없지만 가장 활발하게 살아 숨 쉬고 있다.

책은 날개를 접은 천사다.
날개를 펼치고 날아오르기 전까지 무엇인지 알 수 없을 뿐이다.
누군가가 천사의 몸을 건드려 깨우는 순간,
채집된 글자와 낱말과 문단 사이에서 돋아난 날개가
낯선 너머의 세계로 인도한다.

그러니 채집된 텍스트는
그것을 읽는 사람이 존재해야만
생을 사는 불완전한 존재다.

눈앞에 있는 이것은 눈앞에 없는 것을 보여주길 좋아한다.
채집된 텍스트의 뿌리는 채집자와 읽는 이 사이에서
설명할 수 있으면서도 동시에 설명하지 못하는 세계까지 뻗치고 있다.
그렇기에 익숙하면서도 낯설고,
제 것 같으면서도 온전히 타인의 것이다.
이것은 한 그루 나무다.
텍스트를 채집하는 사람의 상상력과 경험, 사유로부터
영양분을 빨아올리기 때문이다.
시대가 바뀌어도 바뀌지 않는 진리처럼
어떤 것은 사람에 의해 명예의 전당에 봉헌되어 불멸의 생을 산다.
녀석의 미덕은 강요하지 않는 것이다.
그에게는 입이 없다. 그저 보여줄 따름이다.

그럼에도 글자와 낱말과 문단, 그 겹들 사이에 서성이면서
읽는 이에게 어떤 세계에 대해 말을 건넨다.

실패

멈칫거리는   멈춤의   순간

삶이라는 길을 걷다가 잠시 멈춤.
그러니까 어떤 건널목이다.

길 위에 선 이들은 각자가 바라보는 곳을 향하고 있다.
강이나 호수를 끼고 걷거나, 풀 하나 자라지 않는 황량한 들판
혹은 푸른 나뭇가지가 차양을 친 숲길을 걷는다.
때로는 눈 덮인 높고 가파른 고개를 넘는다.
걷는 이들은 오로지 자신이 원하는 곳을 향할 뿐이다.
오직 앞만 보면서.

그때, 이 녀석이 나타나 길을 막아선다.
누군가는 이런 순간이 와야 비로소 앞으로만 향해 있던
마음의 시선을 거두어 주변을 살핀다.
그리고 오던 길에 대해서, 가야 할 곳에 대해서 다시금 생각한다.
급한 걸음으로 가야 할 까닭이 없다는 것을
향하던 곳이 마지막 목적지가 아니란 것을
멈칫거리는 멈춤의 순간에 깨닫는다.

천 천 히   발걸음을   뗀다.
오랜만에 자신과 삶, 풍경을 느끼며 다시 어딘가로 향한다.
그렇기에 실패를 만나는 그곳은 새로운 길을 발견하는 기회의 자리다.

길을 걷던 어느 날, 실패를 만나게 되거든
성급히 떠나려 하지 말고 녀석의 말에 귀를 기울일 것.
때로 신의 눈동자처럼 길의 전부를 보며 걸을 것.

늦 어 도   좋 으 니 .

오지를 탐험하는   모험적인   행로

떠나애

한 종족이 외계에서 온 다른 종족 중 한 개체와
친밀한 거리에서 관계를 맺는 일.
상대의 사고와 행동 방식을 온전히 이해한다기보다는
자신에게 새겨 넣는다는 게 옳다.
오지를 탐험하는 이 모험적인 행로에서 각자의 방식으로 실험과 시도를 하고,
기쁨과 충만함을 얻거나 시련과 상처, 불일치의 쓰디 쓴 상실을 경험한다.

연애는 반드시 성공적인 결말이나 결혼을 향한 행로를 뜻하지 않는다.
달빛이 어렴풋하게 비추는 길 또는 한적한 숲길을 걸으며
멀리서 풍겨오는 꽃향기와 부드러운 바람,
새와 시냇물이 재잘거리는 소리,
조용히 춤을 추는 숲을 함께 느끼는 것만으로도 충분할 수 있다.
연애의 목적은 사랑의 완성이 아니다.
탐험의 길에서 맞닥트리게 될 숱한 감정과 혼란 속에서
견디는 법을 배우는 것이다.
이렇듯 탐험적인 연애에서 고수란 사랑의 횟수가 아니라
다양한 관계를 경험한 누군가를 칭한다.
그렇기에 고수는 상황에 따라 잘 대응하는 사람일 뿐.
사랑의 감정을 제대로 누리는 자라고 확신하기 어렵다.
일시적 사랑이든 아니든, 온전히 감각하고 감지하는 연애만큼
인생을 송두리째 바꾸는 건 드물다.

한 사람을 사랑하는 것만큼 광기 어린 일이
인생에 얼마나 자주 오겠는가.
그러니 미친 것처럼 연애하라.

채울 수 없는 욕망의   유가증권

무게 1.1g, 두께 0.11㎜.
이렇듯 가볍고 얇팍한 종이 조각이 창조주인 인간을 쥐락펴락 가지고 논다.
돈은 가지고 싶다고 해서 뜻대로 가질 수 없기에 갈망의 대상이다.
인간은 욕망이 빚은 헛것인 줄도 모른 채
돈의 신전에 머리를 조아리며 부디 돈벼락을 맞게 해달라고 기도를 한다.
이것 없이 살 바에야 차라리 혀를 깨물겠다고 윽박지르면서.

녀석은 술집 여인처럼 착 달라붙어서
인간의 영혼을 주물럭거리며 삶에 깊이 개입한다.
인간에게 희망의 환영을 보여주다가
절망의 나락으로 빠트리기도 하며,
때로는 제국을 건설하는 야심만만한 파트너가 되어준다.

돈만한 것이 없다고 맹신하다가 느닷없이 날벼락을 맞을지도 모른다.
녀석에게 영혼을 맡기는 순간, 뒤통수 맞을 각오를 해야 한다.
돈을 향한 욕망이 암 조직처럼 퍼져서 삶을 옥죄다가
그의 눈앞에서 죽고 만다.

그 런 데 도 곁 에 그 가 없 으 면 불 안 을 느 낀 다 .
돈으로 편안함과 즐거움은 구할 수 있지만 행복만큼은 살 방도가 없다.

돈을 펑펑 쓰며 살다가 불행하다고 자살을 한 사람과
돈을 원 없이 써보고 죽고 싶다던 어느 사람의 이야기가
다른 듯 같게 들리는 건 왜일까.

호기심

마음속 깊이 꽁꽁 싸매어 감춰도

다시 풀고 나오는

도처에 있으면서도 아무 데도 없는 마음의 싹.
봄날에 무수히 솟구치는 푸른 새싹과도 같다.
꿍꿍 싸맨들, 인간의 내면에 감춰놓기 어려운 이것은
새것으로 돋았다가 떨어지고 또 새것으로 돋아나기를 반복한다.
끊임없이 새로운 것을 탐닉한다.
불현듯 뛰어든 난봉꾼처럼 보이지만,
이것은 여러 무대에서 기량을 갈고 닦은 뒤
실력을 발휘하며 등장하는 배우와 닮았다.

마치 대기에 방황하던 물의 입자가 어떤 자극에 구름이 되듯,
호기심은 빈 몸으로 시작해
결국에는 가득 찬 몸이 된다.

많은 것을 안다고 확신하지만 여전히 호기심으로 반짝거린다.
지나치게 똑똑한 인류가 미래를 더 볼 것도 없다고 여겼다면
오늘을 살아볼 마음을 오래전에 버렸을 것이다.
미래는 아직 모양을 갖지 못한 새것이다.
과거에 유사한 경험이 있었더라도 그렇다.
호기심은 자유로운 몸짓으로 새롭게 돋는다.
새것에서 새로운 새것으로 나아가기를 멈추지 않는다.
시들지 않으며, 한계도 없다.
인류는 새것을 향한 마음에 본능적으로 충실하다.
이미 보여진 것, 드러난 것, 익숙한 것들에게 더는 마음을 건네지 않는다.

호기심은 그 대상을 어찌해보려는 행위가 아니다.
가만히 바라보고 쓰다듬을 뿐이다.
그러나 그 눈빛이 우리 삶을 반짝거리게 하는 놀라운 행위다.

호기심은 자유로운 몸짓으로 새롭게 돋는다.

다른 몸으로 건너가야만 비로소

치 명 적 으 로   퍼 지 는   매 혹 .
생의 깊은 곳으로 들어가 죽음의 노래를 부르지만,
때로 죽어가던 생을 살려내기도 하는 마법의 손길.

제 몸에 품고 있는 동안에는 독이 아니다.
다른 몸으로 건너가야만 비로소 치명적인 것이 된다.
그러니 독이 나쁘다는 일반화된 믿음은 잘못된 것이다.
독은 물질이면서 마음의 감정이기도 하다.
우리 마음에 웅크린 독기를 보면 그렇다.
그렇지 않고서야 어떤 이의 마음이
다른 이를 절망케 하여 죽음에 이르게 할 리 없다.
또한 마음은 잘 듣는 해독제다.
관계 사이에 스며드는 치명적인 것들을 해독해주는 건 오직 마음뿐이니.

독처럼 치명적인 것이 삶에 불쑥불쑥 등장한다.
뭔가를 매혹하거나 뭔가에 매혹당하는 일이 그렇다.
간혹 매혹적인 그것이 삶 전부를 허물기도 한다.

치명적인 독이 우리 주변에 부지기수다.
그러나 가끔은 누군가를 사로잡는 매혹적인 독을
마음에 품는 건 나쁘지 않다.

아기

황무지 같던 세상에
꽃이 터지고 피어나듯

아무것도 없는 황무지는 길마저 길을 잃은 채 지워졌다.
지나는 바람은 지하 납골당마냥 음산했다.
향기도 악취도 없는 그저 무모한 생명들만 빼곡히 터를 잡았다.
참새들이 재잘거리며 흥을 돋우지만 그것도 잠시 뿐이었다.
황폐한 대지에 비와 눈이 내리고 계절이 무수히 바뀌었고
그렇게 어느 봄이 되어 꽃이 하나, 둘 터진다.
황무지가 꽃으로 뒤덮이면서
생기발랄한 환희와 찬란함, 놀라움이 가득한 무대로 바뀐다.
이곳은 이내 경탄의 세계가 된다.
황무지 같던 세상에 꽃이 터지고 피어나듯 아기는 탄생한다.

탄생의 울음이 불온한 것들을 변방으로 밀쳐낸다.

한 생명의 시작.
그것은 부모에게 삶을 환기시키는 기폭제가 된다.
첫 생의 시작이면서 다시금 시작하는 생으로 여겨진다.
숨 죽었던 생에 활기가 돌고, 온전하지 않던 생이
퍼즐처럼 제 자리에 맞춰질지 모른다는 기대가 일고, 일상은 신명을 얻는다.
위대한 탄생이 촉발시킨 놀라움만큼
화사하고 향기롭기를 기대하며, 난관을 견디고 헌신의 길로 들어선다.

아기는 인간 존재의 연결 고리다.
세상의 시작과 끝을 잇는 든든한 줄이며,
과거와 현재를 거쳐 실현될 미래다.
세계를 지탱하는 개별적 주체다.

잘나든 못나든 모든 꽃은 꽃이고 새로운 세계이며 시절이다.
순 백 의 시 절 이 아 름 답 게 지 나 가 길 .

안기비

명확한 것들에 대한   농담

눈과 풍경 사이에 그녀가 있다.
그녀가 있는 동안 세상은 다가가도 좁혀지지 않는 거리를 가진다.
큰 강줄기도, 높은 산봉우리도, 울창한 숲도, 끝없이 이어지는 길도,
마을도, 바다와 하늘도 희미하게 지워진다.
이별을 앞둔 연인의 침묵처럼 사이의 것들이 아득해진다.

안개는 불확실성에 대한 깊은 성찰이자 오마주다.
명확해 보이는 세계가 얼마나 희미하고 모호한 토대 위에
세워져 있는가에 대한 물음이다.
안개는 답을 들으려고도 뱉으려고도 하지 않는다.
비가 내리는 것도 아닌데 몸이 젖는다.
돋보기안경을 쓴 시야처럼 세상이 온통 뿌옇다.
비행기와 배는 길을 잃는다.
여행자만이 바로 한 치 앞만을 겨우 더듬거리며 발을 뗀다.

때로 희미한 세계가 정확히 얼굴을 드러낸다.
하나의 선과 짙고 옅은 농담濃淡으로 표현된 숲의 우듬지,
마천루의 스카이라인, 사람의 실루엣이 그렇다.
보일 듯 말 듯 아스라이 존재하는 그것들은 단순하지만 명확하다.

그러니 안개는 명확한 것들에 대한 농담弄談이다.
불안한 몸과 마음을 위로하는 보드라운 어루만짐이다.

해가 대지 위로 높이 뜨면 그제야 몸을 햇살에 말린 뒤
차곡차곡 걷어서 강과 바다, 나무와 풀 속으로 사라진다.
올 때처럼 가는 것을 보이지 않으며 자취를 감춘다.

겨 우 , 농 담 한 마 디 하 고 서 가 는 걸 로 만 족 한 다 .

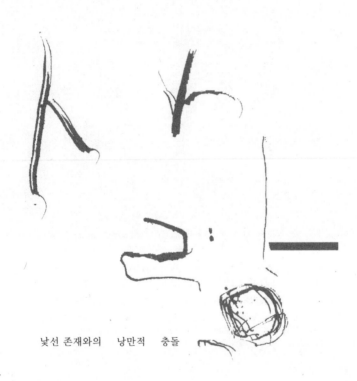

낯선 존재와의 낭만적 충돌

난해하다면서도, 제 방식으로만 풀려다가 실패하기 일쑤인 감정의 유희.
한 대상에게 흔들리고 사로잡히는 이 감정이 어려운 건,
사랑이 살아 움직이는 생명체라는 걸 망각했기 때문이다.

사랑은 직사광선이 아니라, 꿈틀거리며 변이하는 빛의 다발이다.
빠졌을 때는 대상을 하나의 선명한 빛으로 보다가 시간이 지나면서
차츰 본래의 다양한 스펙트럼으로 펼쳐진 빛깔을 보고 만다.
대부분, 이 순간을 견디지 못하고 사랑을 놓친다.
그리하여 사랑은 오직 변하기 전,
변화를 보기 전까지만 가장 고결한 몸으로 기억된다.

삶에 화려한 수를 놓는 사랑은 이따금 찾아온다.
사랑은 마음의 통로를 지나가는 사이의 계절이고, 감정의 한 시절이다.
모든 것이 그렇듯 이마저도 스러져가는 감정인 까닭이다.

변 하 고 , 스 러 지 고 바 래 서 슬 픈 것 이 아 니 다 .
사랑하면서도 사랑을 온전히 이해하지 못해서 그렇다.

사랑은 성스럽지만 가장 인간다운, 그러면서도 가장 동물적이며,
치명적 위험을 초래하는 일종의 바이러스.
인간 대부분이 이 바이러스의 집요한 공격을 받는다.
아이러니하게도 기꺼이 공격을 받고 싶어서 안달한다.
인간에게 주어진 성스런 축복이지만
사랑하고 아파하고, 또 사랑하고 슬퍼하고,
또 다시 사랑할 수밖에 없는 지독한 저주이기도 하다.
그럼에도 저주를 풀려고 시도하지 않는 건
그것이 생의 전부와 바꿀만한 낯선 존재와의 낭만적 충돌이어서 그렇다.

사 랑 하 는 건 멋 지 지 만 , 사 랑 이 야 기 는 지 루 하 다 .

비밀

발
설
즉시
매력이
휘발되는

새벽 3시 35분에 일어나 화장실을 간 사이 발을 절던 청소부가
집 앞을 지나갔다거나, 이별에 상심한 채 강변을 걸을 때 스쳤던 강아지풀이
이슬방울을 막 떨구던 찰나였다거나, 십 분 전쯤에 동네 서점에서
계산을 마친 시집을 서른 즈음의 한 여자가 눈물을 흘리며 읽었다거나,
커피 한잔을 마시기 위해 핸드밀로 갈기 시작한 커피가
전날 오후 다섯 시 경에 몸이 222.2도까지 뜨거워졌다거나 하는 등의
사실을 몰랐다면 그것은 모두 비밀이다.

누구에게나 비밀은 있다.
사 소 하 게 , 그 렇 지 않 게 .

치명적인 위험을 품은 비밀도 있다.
그것은 발설되는 순간 누군가를 죽음으로 몰고갈 수 있다.
그러니까 맹독성 언어다. 코브라보다 몇 배로 강력한 독을 지녔다.
쓸모가 없어져 벽이 되어버린 문처럼 함구되어야 하는 것도 있다.
그럼에도 비밀의 존재가 드러나면 어떤 이들은 파헤치고 싶어 조바심을 낸다.
위험한 건 유혹적이다.
다가오는 입술처럼 매혹적으로 붉은 속살을 지닌 언어라서.
비밀은 지켜져야 한다.
그럼에도 들추려 하는 자들은 뒤에 당도한 결과에 대해
감당도 못하면서 판도라 상자를 열어버리고는 나몰라라 한다.

정말이지, 비루한 호기심이다.
발설된 비밀은 누드 사진처럼 곧 흥미를 잃는다.
세상에 비밀이란 게 있을까? 애초에 없는데 비밀이라고 믿는 건 아닐까?
기억 뒤편으로 숨어버린 비밀은 지위를 잃어버린 관료처럼
허세만 부리다 죽는다.

비밀은 비밀이 많은 인간에게서 잉태된다.
그렇기에 은밀하고 난잡한 것들이 비밀로 포장되기 일쑤다.
비 밀 이 라 는 그 럴 듯 한 이 름 으 로 .

점 하나.
점과 점 사이에 놓인 선은
황홀한 걸음으로 오는 연인의 몸짓이다.
점을 떠나 도착한 다른 점은
구불구불한 산맥을 넘어온 동쪽 끝 해안 도시나,
꿈을 쫓아온 시끌벅적 소란스러운 대도시나,
아무도 내리지 않는 외로운 간이역일지 모른다.

역 은 시 간 과 공 간 를 잇 는 웜 홀 이 다 .
떠나거나 돌아오기 위해 마음에 점 하나를 찍어야 하듯
역으로 가야 한다.

사람들은 안다.
매표소 앞에 길게 줄을 서있거나,
끊은 차표 한 장을 주머니에 넣고 만지작거릴 때,
플랫폼을 서성이며 기차를 기다리거나,
단지 누군가를 마중하거나 배웅하려고
그곳에 들어서는 것만으로도 이미 설레고 들떴던 것을.
때로는 근심으로 덜컥한 마음이
덜커덩거리는 기차에서 진정되기도 했을 것이다.
사랑하는 이와 처음으로 떠났던 여행의 현장으로,
고대하던 회사에 면접을 보기 위해 올랐던 떨림으로,
누군가와 헤어지고 돌아서던 슬픔의 장소로,
삶에 대한 기대를 품고 막 당도한 생의 시작으로,
역은 누군가의 기억 속에 여전히 살고 있다.

아련한 추억이 잉태되었고 새로운 추억이 잉태될
이곳은 생의 경유지인 동시에 추억의 시발지다.

시간과 공간을 잇는   웜홀

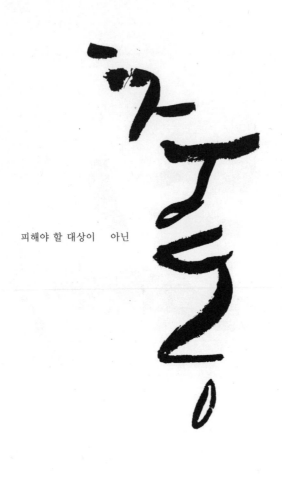

피해야 할 대상이　아닌

즉각적이고 즉흥적이지만 이미 예정된 의지.
이것에 끌리지 않는 인간은 생의 의지를 잃은 채로 사는 존재에 불과하다.
끝없이 밀려오는 충동의 힘으로 생은 나아간다.
돛을 세워 바람을 받는 배와 같다. 그렇기에 충동은 존재에게 고귀한 에너지다.
충동과 선택 그리고 행위로 이어지는 삶의 순환 고리에 생이 있다.

생의 밑바닥에서부터 올라오는 충동을 경험해본 적 있는가?
하지 않으면 평생을 후회하며 살아가야 할지 모른다는
두려움과 맞닥트려본 적이 있는가?

충동은 피해야 할 대상이 아니다.
잘못된 선택이 될지도 모르나 거스를 수 없는 충동에 매혹될 때가 있다.
그런 순간, 충동을 향한 미덕은 참는 게 아니라 솔직히 반응하는 데 있다.

매혹적인 충동에
충동하라.

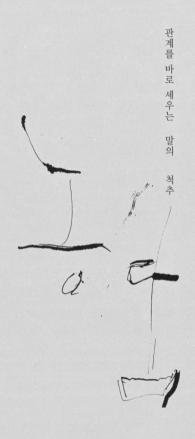

관계를 바로 세우는   말의   척추

어둠을 깨트리며 내리꽂히는 한 줄기 빛의 문장.
상황에 착 들어맞는 깊이와 신선함으로 무장하면 박수와 환호를 받지만,
조금만 어긋나도 분위기를 망치거나
타인으로부터 외면당하는 수모를 겪을 수 있다.
하지 않는 것만도 못한 때가 허다하니 허투루 남발하지 말 것.
우스꽝스러움으로 자신을 위장하지만 실로 위험천만하다.

진실과 진심 사이에서 태어난 지극히 자유로운 언어이며,
통렬함의 극치가 바로 농담이다.
코미디보다 웃긴 세상에 살면서도 날카로운 비유를 이해하지 못하는
이들이 있다는 건 아이러니하다.

농담이 절실한 시대다. 농담이 죽은 사회는 얼마나 피폐한가.

농담은 비틀린 말의 가벼움 뒤에 힘을 감춘다.
가볍지만 비수 같아서 날카롭게 핵심을 찌른다.
주로, 허허실실 전법으로 닫힌 마음의 빗장을 푸는 능력을 발휘한다.
마치 그리스가 트로이의 성 안으로 들여보냈던 목마처럼.
농담은 난공불락인 경계와 긴장을 한 방에 허무는 기막힌 전술이자,
사람을 사로잡는 매혹의 기술이다.
이렇듯 가벼운 말의 몸에 뼈가 들어있다.
뼈가 없는 것은 태생적으로 농담이 아니다.
시시껄렁한 웃음기를 지닌 번지르르한 말일 뿐이다.

투명하면서 날카로운 농담은
관계를 바로 세우는 말의 척추다.
녀석의 뿌리가 진심에 닿아있기 때문이다.

그러니 농담을 못하겠거든 허튼 소리는 빼고
진심을 꺼내드는 것이 여러모로 현명한 묘수다.

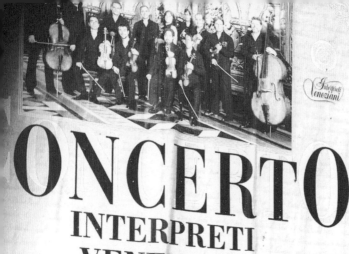

ONCERTO
INTERPRETI
VENEZIANI

CHIESA SAN VIDAL • ore 21

nica-sunday
OTTOBRE
2 0 1 1

domenica-sunday
23 OTTOBRE
2 0 1 1

domenica-sunday
30 OTTOBRE
2 0 1 1

ANTONIO VIVALDI
E QUATTRO STAGIONI"

Concerti per violino, archi e cembalo

ra" op. 8 n. 1   "L'Estate" op. 8 n. 2   "L'Autunno" op. 8 n. 3   "L'Inverno" op. 8 n. 4

violino, Giacobbe Stevanato   violino, Paolo Ciociola

EBASTIAN BACH   J. BAPTISTE LULLY

rto per clavicembalo e archi B.W.V. 1056   "Suite" per archi e cembalo

clavicembalo, Gianandrea Pauletta

Tel. 041.2770561 - www.interpretivenezianí.com
Biglietteria presso la Chiesa San Vidal - Prenotazioni nei migliori alberghi e agenzie di viaggio
Booking at the San Vidal's Church or in leading Hotels and travel agencies without surcharge

Ingresso 25 €   Regione Veneto   **Ridotto 20 €**

PROVINCIA DI VENEZIA

La Biennale di Venezia
54. Esposizione
Internazionale
d'Arte
Padiglione Italia

RTE
N È
SA
STRA

VENEZIA
4.06 - 27.11.2011
PADIGLIONE ITALIA
TESE DELLE VERGINI
TESE DEI SOPPALCHI

A CURA DI
VITTORIO SGARBI

861 > 2011 > >

제 몸을 아끼지 않는 진실한 동반자

신발

걸음에 관한 보고서.
최초로 달을 밟은 암스트롱의 걸음,
신대륙에 첫발을 내딛은 콜럼버스의 걸음,
사랑하는 이에게로 향하는 당신의 걸음에
이것이 함께했다는 사실을 기억하는가.

주인이 원하면 그곳이 어디든 가리지 않고 충직하게 따르는 신발.
그 누가 제 몸을 아끼지 않고 진실한 동반자가 되어줄까.
사람이 태어나 첫걸음을 떼는 순간부터 신발은 주인을 섬긴다.
고단한 여행에 그가 없다면 발바닥에 가시가 박히고,
발톱은 돌부리에 성하지 않아서 얼마 걷지도 못하고 주저앉을 것이다.

새것이 길들여지기까지 주인은 고통을 견뎌야 한다.
불편함의 시간이 지나고 난 뒤 어느덧 익숙해지고 편해진다.
인간이 서서 걷지 않았다면, 그리하여 발이 짐승처럼 강철 같았다면
녀석이 인간의 존재를 떠받치는 일은 없었을 것이다.

인간에게 있어 선다는 건, 걷는다는 건
곧 살아간다는 의미다.

생각 없이 신고 다니는 신발이 든든히 생을 떠받치고 있다.
존재의 무게를 온전히 기억하는 건 녀석뿐이다.

구 불 구 불 한 인생을 닮았다.
사람들이 그토록 좋아하는 까닭도 생의 모습과 닮아서다.
인간의 뇌와 장기가 면발과 판박이다.
곱슬한 면을 목구멍으로 넘기면서
삶의 신산함과 힘겨움도 함께 집어삼킨다.
후루룩 소리를 타고 깊은 안쪽으로 들어가 먹는 이를 따스하게 위로한다.
뜨끈한 위로의 맛에 중독되면 문득 몰려오는 그리움처럼 이것이 당긴다.

후후, 입김을 불며 뜨거운 것을 먹고 싶어지는 중독을
무엇으로 막을 수 있을까.
구절양장 같이 얽히고설킨 삶.
이런 삶에 곧게 뻗은 길만 있을 리 없다.
시원하게 뻗은 직선주로도 머지않아 굽은 길로 바뀔 때가 오고,
굽어 돌던 길도 어느 순간 곧게 펼쳐지지 않던가.

김치 숭숭—
치즈 쫙—
계란 탁—
파 송송—.

보글보글 맛나게 끓여 땀 흘리며 한 그릇 뚝딱 비우고 나면
헛헛했던 마음에 술술 온기가 돌기 시작한다.
때 로 라 면 이 부 린 마 법 에 빠 져 도 괜 찮 다 .

꼬 불 꼬 불
우여곡절 삶을 닮은

말의 그림자.
제 힘으로 서지 못하고 위태로움에 기댄다.
진실한 말은 뼈가 있어 그것으로 곧추선다.
어느 순간, 말이 단단한 뼈를 잃으면
기웃하다 허물어지는 거짓으로 전락한다.
그럼에도, 뱉은 자의 입장에서 보면
거짓의 말도 진실의 얼굴을 하고 있다.
진실한 말이 거짓처럼 들리고,
거짓의 말이 진실처럼 들리는 이 시대는
말의 진위를 가리는 일이 만만치 않다.

진실과 거짓.
이 사이에 무수한 것이 산다.

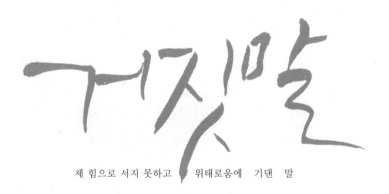

제 힘으로 서지 못하고　위태로움에　기댄　말

진실의 말과 거짓의 말 사이에는
분별하기도 가늠하기도 어려운 사정과 상황이
긴밀하고도 절박하게 연결되어 있다.
속사정을 모르는 말의 껍질만으로 진위를 파헤칠 수 없다.
그런 까닭에 거짓말이 지금껏 삶 주변을 활개 치고 다닐 수 있지 않았겠는가.

과일을 생각해보라. 껍질만 봐서는 모른다.
입으로 한 입 베어 물어봐야 맛을 알 수 있다.
어느 해 여름, 트럭에 수박을 잔뜩 싣고 온 장사꾼이
손가락으로 툭툭 두드리며 맛을 보장한다는 수박을 산 적이 있다.
속았다. 달기는커녕 제대로 익지도 않았다.
바로 달려가 항의를 하고 싶었지만, 곧 이해하는 마음이 생겼다.
그의 경험으로 보자면, 두드려 났던 소리가
잘 익은 수박의 그것이었을 테니 말이다.

말에 의도가 짙어지면
진실에 치장이 붙고 본래의 것으로부터 멀어지기 시작한다.
하얀 거짓말도 의도한 말이지 않던가.
그렇게 우리는 누군가를 배려한다며 거짓말을 내뱉는다.
그러다가 바꾸기도 어려운 만성적 거짓말쟁이가 되고 만다.

좋 은 의 도 로 한 거 짓 말 도 거 짓 말 일 뿐 이 다 .

원초적 끌림이자　주술적　몸짓

일만 년 이전부터 이어져 온 원초적 끌림이자 주술적 몸짓.
춤을 추어 신을 부르듯 몸으로 사랑을 불렀다.
어둡고 긴 밤의 공포를 견딜 수 있었던 것도
사랑의 허기가 아니고서야 가능했겠는가.
과도한 빛으로 어둠을 잃은 지금도 밤이면 밤마다 허기진 인류가
원시적 욕망으로부터 자유롭지 못한 채 배회한다.

그때나 지금이나 욕망은 정오의 그림자처럼 짙다.

존재와 존재를 잇는 충돌이며, 긴장과 기다림 끝에 탄생한 쾌락의 몸짓이
이토록 인류를 융성하게 만들었다. 도처에 인간이고 또 인간이다.
밟히고 치이는 것이 그들이니 얼마큼 죽어나가도 대수롭지 않은 듯,
곧 잊혀지는 무신경한 시대가 도래했다.
신도 어쩌지 못한 남자와 여자의 끌림이 이토록 처절한 결과에 이르게 했다.
지치지 않는 욕망을 어찌할 바 모르던 젊은 날에는 사랑 없이도 몸을 섞었다.
때로 서로의 육체와 몸짓 안에서 파동하는 감정을 통해
사랑을 확인하는 행위임을 망각하고 육체의 탐닉에 빠져 허우적거렸다.

그러나 가장 인간적인 본능이니 부끄러워하지 말 것.
델 듯이 뜨거운 몸짓이 어느 순간에는
가장 냉담한 마음을 소환할 수 있다는 걸 기억할 것.

몸으로 할 수 있는 멋지고 황홀한 행위로 춤과 노동, 마라톤이 있지만
섹스만큼 나른한 행복은 없다.
그러나 사랑 없는 섹스를 할 바에야 차라리 이상향과도 같은
이상형을 떠올리며 자위하는 것이 덜 허무하다.
사랑이라는 감정을 부추기는 섹스는 그 자체로 주술적이다.
사랑하고 있다는, 사랑받고 있다는 감정이
둘 사이를 팽팽하게 연대시키며 몰입의 황홀경과 맞닥트리게 하니까.
비록 순간에 머물기는 하나.

저녁

그림자가 옅어지며 몸 안으로 숨는 시간

낮이 밤으로 건너가는 전환의 시간.

가족이 옹기종기 집으로 모여드는 시간, 밥 짓는 냄새가 골목으로 번지는
시간, 놀던 아이들이 아쉬움을 토로하는 시간, 지친 삶을 밤사이 익숙한
공간에 기대는 시간, 연인과 참았던 사랑을 표현하는 시간, 친구들과
시끌벅적하게 수다를 떠는 시간, 누군가의 장바구니가 무거워지는 시간,
약속 장소를 향해 길을 걷는 시간, 못 다한 이야기를 털어놓을 여분의 시간,
아픔과 슬픔이 와락 고개를 쳐드는 시간, 어디로 가야 할지 몰라 망설이는
시간, 그림자가 옅어지며 몸 안으로 숨는 시간, 가로등이 깜빡깜빡 불을
밝히는 시간, 노을과 구름이 어깨동무하는 시간, 지나던 바람이 지붕에 잠시
엉덩이를 걸치는 시간, 보이지 않던 별과 달이 모습을 드러내는 시간……

모든 것이 제게로 돌아가는 시간.
무엇을 해도 어울리는 마법 같은 시간.

낮과 밤의 경계 즈음인 저녁에
평소와 다른 걸 해보는 게 어떨까?
혼자서 저녁을 먹고 입장객이 몇뿐인 극장에서 영화를 본다거나,
이른 저녁이라 손님이 없는 엘피바에서
유행 지난 옛 노래를 신청해서 듣는다거나.
아 니 면 , 저 녁 이 가 뭇 없 이 흩 어 지 는 걸
강 변 에 서 우 두 커 니 바 라 보 거 나 .

낮과 밤의 경계 즈음인 저녁에
평소와 다른 걸 해보는 게 어떨까?

희망과 절망을 동시에 길어 올리는 동아줄.
이것을 놓치면 자칫 삶도 추락한다.
삶은 기대와 희망의 대지 위에 세워지고 꿈으로 지탱되기 때문이다.

실체가 없는 꿈은 꿈이 아니다.
망상이다.
입 밖으로 내뱉는 꿈일수록 실현 가능한 실체여야 한다.
무릇, 시작이 미약하여 형상이 분명히 보이지 않지만,
실현되는 순간 그보다 명확할 수 없다.
무대에서 이것이 사라졌다면 삶에 치인 채로 살고 있다는 신호다.
냉담해진 당신의 무표정에 꿈은 숨이 막혀서
견디지 못하고 멀리로 달아나 다른 이의 품에 안긴다.
그제야 당신은 회한에 휩싸인 긴 한숨을 내쉬며 아쉬움을 토로한다.
그때는 한발 늦었다.

꿈은 탁한 빛깔인 강요의 세계에서 살지 않는다.
누군가의 생생한 의지로 생명을 부여받고 미생에서 완성으로 향한다.
꿈에 관한 질문에 쉽게 답을 내뱉지 못하는 건 아직까지
그 세계가 모호한 까닭이다.

그러니 꿈은 선언적 주장이어야 하며
스스로 책임지는 소신의 기둥 위에 세워져야 한다.

꿈은 삶의 밭에 뿌려지는 놀랍고 멋진 씨앗이다.
많은 이가 이것을 햇볕도, 공기도 들지 않는 창고에 가둔 채 썩히고 있다.
어서 태양 아래로 꺼내 당신이란 생의 무대에 뿌려라.

삶에 뿌려지는 놀랍고 멋진 씨앗

예술

낯선 세계로 들어가는 신비한   문

표현하려는 의지는 인간의 욕구 중 하나다.
어두운 동굴 벽에, 너른 들판 위에, 아찔한 절벽에 그림을 그려오지 않았던가.
예술가란 욕구를 행위로 발현시키는 자다.

일상 속에서 벌어지는 예술이 지루한 삶의 강을 건너게 한다.

예술과 일상은 한 끗 차다.
그러나 일상이 예술이 되기까지는 험난한 과정을 거쳐야 한다.
흔히 예술의 세계가 열려있다고 말하지만
가까이 다가가 보면 굳건히 닫힌 채로 낯선 이방인을 맞이한다.
"어서와요. 하지만 당신에 대해 우리가 아는 게 하나도 없군요.
좀 더 노력한 뒤에 다시 오세요"라고 말한다.

자유로운 세계이면서도 가장 엄격한 잣대가 적용되는 곳이다.
누구나 예술가가 될 수 있다는 말은
아무나 예술가가 될 수 없다는 반전의 말이다.
이것이 가닿고자 하는 세계는 무엇에도 얽매이지 않은 몽상의 영역이다.
예술은 확고하게 자기 이야기를 하면서 모두의 이야기를 해야만 한다.
그렇지 않고서는 대중을 예술의 세계로 이끌 수 없으니.

그 렇 기 에   예 술 은
낯 선   세 계 로   들 어 가 는   신 비 한   문 이 다 .

남자

X보다 우월하다고　우기는　Y 염색체

여자들 입장에서 보면, 지구 상에서 가장 기이한 종족 혹은 동물.
이 종족은 여자가 허영에 빠졌다고 우기지만
정작 허영으로 허우적거리는 건 바로 그들이다.
돋보이려 유치찬란한 짓을 서슴없이 저지르는 걸 보면
아직도 다 자라지 못한 어린아이 같다.
육체가 고래 뼈처럼 단단해지고 지식이 몇 수레씩 늘어나도
어른다운 어른은 드물다.
어리석었던 숱한 행동이 그들의 장고한 역사다.
Y염색체를 지닌 이 종족의 유전자는 멍청하다.
오직 남자의 몸만을 경험하듯 이어받는다.
수많은 선대의 몸과 몸을 통해 태어나지만
여자에 대해서는 한 번도 체험하지 못한다.
그렇기에 남자가 여자를 이해하는 건 불가능하다.

이 종족을 이해하는 방법이 없는 건 아니다.
남자 자체로만 보지 않고 여자와의 관계 속에서 관찰하면 된다.
이들이 저지르는 실수와 잘못 대부분은 여자로 인해서 생긴다.
다른 종족에게 잘난 척, 멋진 척, 센 척 허풍을 떨다가
철부지 같은 일을 벌인다.
실수를 반복하면서도 고쳐지지 않는 걸 보면
이들만의 특성이라고 밖에 달리 설명할 도리가 없다.

세상에서 여자가 멸종하면 이 종족의 특성이 거짓말처럼 사라지지 않을까.
어쩌면, 좋은 어머니와 아내 없이 훌륭한 남자가 되는 건
불가능한 일일지도 모른다.

키

입술과 혀가

사랑의 최전방에서 벌이는   말초적 교감

침 한 방울에 세균 등 각종 미생물이 평균 7억 5천만 마리 정도가 서식한다.
하지만 사랑에 빠지면 그 따위 수치는 안중에도 없다.
상대의 입술과 혀를 가지고 싶어 침샘에서 분비물이 샘솟는다.

아주 예민한 입술과 근육 덩어리인 혀가
사랑의 최전방에서 말초적인 교감을 한다.

연인의 입술을 보면서 침이 흥건해지지 않는다면
시나브로 애정의 온도가 떨어진 것이다.
지금 당장 확인해보라.
침샘이 아무런 반응을 보이지 않는다면
매혹적인 긴장이 헐렁해진 것이 분명하다.
키스를 하고 나면 머리가 띵, 하고 어질어질한 것은
사랑의 감정이 폭발하면서 둘의 우주가 송두리째 흔들리기 때문이다.
그 사이 세상은 망각된다.
예민한 감각의 촉수만이 존재를 인식하고 대변한다.

키스는 감정의 빅뱅.

질서는 허물어지고 산산조각 나서 예상치 못한 무질서로 어지럽다.
이 육체적 탐닉은 신경 세포로 가득한 몸의 우듬지가 조우하고, 더듬는
원초적 접촉만이 아니다.
서로 다른 두 개의 세계가 자기 밖을 탐색하여
자신의 세계를 확장시키는 마음의 진군이다.
키스의 기초는 혼돈이다, 어지럼증이다.
기존의 세계는 가뭇없이 종말을 맞고 무질서가 질서가 되는 세계가 열린다.

키 스 의 종 말 은 결 국 사 랑 의 종 말 이 다 .

여자

남자와의 관계 속에서만

이해된다

털이 수북하고, 무책임하고, 금세 권태를 느끼는 남자에게는
풀리지 않는 수수께끼이자 어려운 대상.
여자도 남자와 마찬가지로 남자와의 관계 속에서만 이해된다.
서로가 존재를 증명하듯 여자 없이 남자가 없고, 남자 없이 여자도 없다.
그럼에도 풀 수 없는 미지의 대상으로 남겨둔 채 살아간다.
충분히 안다고 믿는 방심의 순간,
오히려 상대를 모른다는 걸 깨닫는다.
설령, 남자가 여자에 대해 많은 부분을 안다고 해도 풀릴 수수께끼가 아니다.
영원히 모르는 채로 사는 것이 최선일지도 모른다.

부드러우면서 도도하고, 아름다우면서 지저분하고,
여리면서도 한없이 강하고, 한 사람에게 전부를 줄 수 있으면서도
모든 사람과 사랑을 나눌 수 있고, 천사이면서 악녀가 되기도 하고,
하녀였다가 폭군이 되기도 하고, 사랑 없이 못 살 것같이 굴다가
어느새 무덤덤해지기도 하고, 여자 같다가도 남자와 여자의 중간쯤이었다가
가끔은 남자처럼 보이기도 한다.

인류의 언어를 모두 동원해서도 제대로 설명하기 어려운 생명체.
설령 남자가 과학자거나 심리학자라고 해도 여자라는 세계는 칠흑 속이다.
아는 것은 그저 직접 목격한 행동이거나 그로 인해 생긴 예측뿐이다.
그러니 그것은 사실이 아닐 수 있으며, 왜곡된 채로 아는 것일 수 있다.

그럼에도 여자는 매혹적이다.
남자라는 종족을 혼란에 빠트릴 수 있으니.
여자가 매혹적이라는 말은
그녀들을 이미 충분히 알고 있는 누군가를
여전히 흔들 수 있다는 말이다.

거스를 수 없는   생의   나이테

나•이

일하고 먹고 싸고 놀고 자는 동안 저축한 생의 두께.
밟고 온 시간의 빛과 그림자를 켜켜이 쌓는 일.

무게를 견디지 못하고 생긴 주름은 인간의 나이테인 셈이다.
힘은 예전만 못하고, 허술해진 몸은 침대 시트처럼 주름이 가득해지고,
영민하던 머리는 깜빡깜빡거리고 눈은 침침해진다.
이것은 삶으로부터 조금씩 자유를 되찾으며
본래의 자신으로 돌아가는 과정에서 나타나는 현상이다.
다만, 나이테와 함께 쌓인 경험과 지식, 습관들로 인해
비루한 편견이나 궁핍한 아집, 몹쓸 걱정에 빠질 수 있다.
현명한 이는 나이를 저축할수록 자만에 빠지지 않게 자신을 경계한다.
나이와 더불어 늘어난 것들이 두려움을 쫓아내기도 하지만
오히려 사로잡히게 되는 까닭이다.

나무의 나이테는 안에서 움터서 밖으로 밀쳐내며 커진다.
커지는 생의 두께를 안에 가두지 않는 것이다.
그러나 나이는 편안한 옷처럼 몸과 마음 안쪽에 터를 잡는다.
그리고는 인간을 가둬버린다.

슬 금 슬 금   다 가 와   야 금 야 금   한   사 람 을   점 령 한 다 .

대부분 사소한 변화를 감지하지 못한 채 살아간다.
그렇기에 나이를 먹는 건 무서운 일이다.
몸을 사린다고 두려움을 피할 수 없다.
청년에게도, 노인에게도 시련은 닥친다.
막을 수 없는 일은 나이와 상관없이 들이닥친다.
그러나 닥칠 것을 아는 사람에게 시련은, 시련이 아닌 채로 지나간다.

사람과 사람 사이를 이어주는 토끼굴.
입과 귀와 큰 얼굴을 가지고 있다.
사람들과 다정하게 지내지만 녀석의 몸에 차가운 피가 흐르는 까닭에
인간의 온기마저 빼앗아간다.
이것 없이도 살 수 있지만 실제로 그렇게 살기는 만만치 않다.

이 굴을 들여다보는 건 사랑을 나누는 일과 비슷하다.
때와 장소를 가리지 않고 유혹한다.
얼굴이 보고 싶어 참지 못하고, 매끈한 몸에 손이 간다.
토끼굴에 한번 들어가면 시간 가는 줄 모르고
속수무책으로 빠져든다.

그렇기에 이것 없이 살기란,
보고 싶은 애인을 보지 않고 참는 것만큼 힘겹다.

토끼굴에 빠진 앨리스는 즐거운 모험을 하지만
핸드폰이란 토끼굴에 빠진 우리는 일상을 잊은 채
호기심 충만한 감각의 세계로 빠져든다.
삶과 괴리된 흥밋거리가 생을 가난하게 만든다는 충고 따위가
귀에 들어갈 리 없다.

이 러 지 도   저 러 지 도   못 할   삶   속   계 륵 이 다 .

토 끼 굴 로
안내하는

무전기

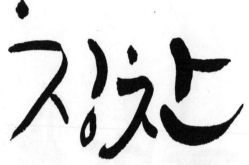

칭찬

머지않아　　마음 사전에서 멸종될지　모른다

따스한 말.
이 말이 머무는 곳은 낯선 곳이 아니다.
세상에서 가장 가깝고도 먼 마음에서 온다.
열대와 한대 사이의 모든 지역을 품고 있는 마음은
그때그때 기분에 따라 제 온기를 타인에게로 내보낸다.

그중에서도 칭찬은 너무 뜨겁지도 춥지도 않은 온대 지역에 사는 말이다.
따스하지만 수줍음을 잘 타는 이 말은 저를 낮출 줄 안다.
그렇기에 칭찬은 타인의 마음에 쉽게 들어가 집을 짓는다.
정착한 따스한 말은 마음을 온대 지역으로 바꾸고
따스함을 잃지 않도록 토닥인다.

칭찬을 자주 하거나 듣는 사람은 죽을 때까지 말의 온기를 잃지 않고
지키며 살지만 그렇지 않은 이는 마음에 저체온증을 앓는다.
평생 그것에 시달리며 살아간다.

칭찬은 응원과 위로의 말이다.

그러나 무관심과 귀찮음으로 가득한 냉소의 시대가 도래했다.
서로의 눈빛을 보며 인사를 건네는 것도 오래전에 잊어버렸다.
누군가를 만나면 우물쭈물거릴 뿐이다.
마음의 온대 지역으로부터 오던 따스한 말마저
춥고 황폐한 들녘으로 쫓겨났다.

머지않아 칭찬은 마음 사전에서 멸종될지 모른다.
모 든 것 이 차 가 운 시 대 니 .

어산

비의 목소리를 들려주는 방송국

비가 오면 사람들은 그의 몸만 본다.
키가 큰지 작은지, 뚱뚱한지 말랐는지.
자신을 귀찮게 할 건지 편안하게 할 건지만 따진다.
그러나 비를 사랑하는 사람은 우산마저 귀하게 여긴다.
둥근 안테나가 비의 목소리를 들려주는
방송국이라는 걸 아는 까닭이다.
비의 목소리를 생생하게 들려주는 것이 더 있다.
처마 아래 마당, 장독대, 수돗가에 놓인 세숫대야와 빨래판,
양철 지붕, 숲, 호수 그리고 골목길.

어떤 이에게 우산은 애물단지다.
해가 쨍쨍하게 내리비추면 요긴하게 들었던 그가 왜 그리 귀찮은지.
그렇다고 버릴 수는 없다. 아까워서가 아니다.
때로 귀찮은 존재이기도 하지만
절실한 때가 불현듯 올 거라는 사실을 알기 때문이다.

안개비, 이슬비, 보슬비, 부슬비, 가랑비, 작달비, 여우비, 소나기, 바람비……
어린 시절에 비가 얼마나 아름다운 노래와 이야기를 들려주었는지 잊어버렸다.

비가 오거든 귀찮아하지 말고 안테나를 세우듯
우산을 펼치고 밖으로 나가자.
그에게 주파수를 맞추고
비 오는 날에만 들을 수 있는 촉촉한 방송을 듣자.

비가 전하는 아름다운 노래와 이야기를 듣고 싶다면 우산 속으로 들어가라.

세상 모든 욕망의 기초 단위.
모두들 이것이 담긴 그릇을 빼앗길까 두려워 벌벌 떨고 있다.
먹고 사는 일의 힘겨움을 하소연하면서.

삶이 비밀스럽게 된 까닭은 원초적인 이것 때문이다.
먹으려고 사는 게 아니라 살려고 삼켜야 한다는 명분 앞에서
밥은 삶 자체가 된다.
밥숟가락을 놓는 것이 생에 마침표를 찍는 일이니 그렇다.

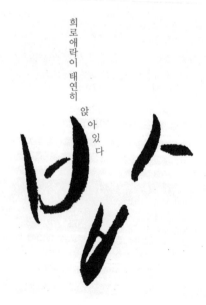

희로애락이 태연히

앉
아
있
다

밥

갓 지은 밥의 따스한 온기, 부드러움과 촉촉함.
탱글탱글한 밥알들이 입안에서 터지는 느낌은 얼마나 놀라운가.
가 만 히   보 면   밥   위 에
삶 의   희 로 애 락 이   태 연 히   앉 아 있 다 .

오래된 밥은 딱딱하게 굳는다.
처음을 망각한 채 병든 간처럼 굳어서
누군가의 따스한 밥이 되는 걸 거부한다.
먹고 사는 일이 힘겹지 않은 사람은 죽은 사람뿐이다.
실은 권력과 돈 앞에서 드러난
자신의 취약성을 견디는 일이 힘겹다.

따스한 밥 한 그릇에 만족하지 않는 차고 넘치는 욕망이
구원의 기회마저 거둬들이게 하였다.
삶이 편리해지고 풍요로워질수록
먹고 사는 일이 고차원적인 문제가 되었다.
소비 지향적 사회는 인간을 욕망의 노예로 길들였다.
사바나에서 수렵을 하며 무엇에도 얽매이지 않고 살던 인류의 유전자는
욕망에 치여 어디론가 달아나고 말았다.

그럼에도, 삶의 기초인 밥 한 그릇에 만족할 때
무수한 욕망들이 고개를 숙이고 잠시 잠잠해진다.
김이 모락모락 피어오르는 밥으로부터
생 본연의 아름다움을 되찾게 될 날이 과연 올까.

바람과 함께
　　자유를 설파하며 세상을 떠도는

꿈

하늘의 무언극.
시시각각 변하는 것에 우울해하지 말라는 침묵의 몸짓.

형상이 없어 이름을 부여받지 못한 것들이
하늘과 땅을 동경하여 높이 솟구쳐 오르고,
묵묵히 빛깔과 꼴을 짓지만
비밀스러운 성격 탓에 허물었다 짓기를 숱하게 반복한다.
확고하지 않은 중간 지대를 활보하는 까닭에
방황과 탐구, 희망과 향수, 여행과 자유의 상징이 되었다.

달리기를 할 때는 어떤 질주보다도 빠르고
게으름을 피울 때는 뒤뚱거리는 어린아이의 걸음보다 느리다.
꼴을 갖추고 나서는 온갖 이름으로 불리며
바람과 함께 자유에 대해 설파하며 세상을 떠돈다.
그의 유연한 생각은 어떤 형식에도 얽매이지 않는다.
숨겨두었던 번개와 천둥, 비로 자신의 감정을 드러낼 뿐이다.
한때는 신들이 머물던 곳으로 여겨질 만큼 놀라운 대상이었다.
하지만 지금은 인간의 왕성한 호기심과 과속하는 과학혁명으로
그의 뼛속까지 속속들이 파헤쳐졌다.
신비로움을 잃자 감흥마저 사라지고 말았다.

그저 그가 빚는 형상에만 매혹될 뿐이다.

그가 있어 마른 땅이 비로 적셔지기를 고대한다.
그가 있어 딱딱하게 굳었던 마음이 누그러진다.

그는 보는 이의 눈을 희롱하는 듯 비춰지지만 실은 위로한다.

디자인

아주 사소한 것에서부터
우주적인 것에 이르기까지

시각화 된 텍스트, 즉 상형문자다.
그렇기에 디자인을 한다는 건 어떤 대상과 대화를 시도하는 행위다.
더 나은 가치의 완성을 지향하는 이것은 때로 텍스트보다 철학적이다.
지향한 바를 이루지 못하면,
결국 디자인이면서 디자인이 아닌 채로 소멸하고 만다.

디자인은 대상의 눈과 몸의 반응을 날카로운 시선으로 지켜본다.
그는 대상을 정하고 그쪽을 향해 메시지를 뱉는다.
타깃이라 불리는 대상에게 자신의 이야기를 들려주려고
손짓 발짓을 해가며 소통을 시도한다.
때로 구구절절한 텍스트보다 월등히 위력적이다.
이러한 결과는 녀석이 드러낸 것이 타깃의 망막에 맺힌 이미지로 출발해서
가슴으로 다가가는 사이에 하나의 메시지가 된다는 명백한 증거다.

그러니까 디자인은,
말하지 않으면서 말하는 것이다.

디자인은 단순히 눈에 보이는 것을 넘어선다.
디자인은 춤이자 연극이고, 드라마다.
종이나 화면, 사물에도 존재하고 집과 나무, 별, 물과 흙에도 존재한다.
아주 사소한 것에서부터 우주적인 것까지 포함한다.
인간은 녀석이 만든 것들로 둘러싸여 있다.
삶 자체도 인간이 만든 디자인 작품일 수 있다.

그렇다면 어떻게 제게 어울리는 삶을 디자인 할 수 있을까?
세 상 에   무 엇 을   말 할   것 인 가 ?

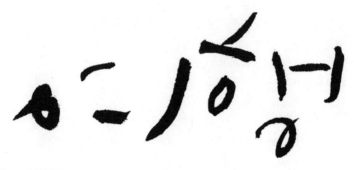

마음에 바람이 부는 날이면
어김없이 고개를 쳐드는 본능

최초의 인류는 들판에서 살았다.
땅과 땅이 충돌하며 높고 낮음이 생기기 전에 들판은 넓고 평평했다.
그들은 대지의 신을 따랐고 자연을 두려워할 줄도 알았다.
이성보다 본능에 충실했으며, 바람이 불면 사냥을 나갔다.
바람을 거슬러 냄새를 지웠고,
대지를 스치는 바람에 소리를 감춘 채 먹이에게 접근했다.

모든 것이 신성했다.
먹을 것을 내어준 자연에 감사하며 춤을 추었고 불 주변을 돌았다.
들판의 정령들도 그들과 함께했다.
너른 들판은 엄폐물이 없어 피아의 구별이 쉬웠고
위험을 감지하기도 좋았다.
하늘과 땅은 막힘없이 펼쳐져 있었다.
그들은 땅에 발을 딛는 순간 자신이 자연의 일부란 걸 알았다.

우 주 적   시 간 으 로   보 면   찰 나 에   불 과 한   시 간 이   흘 렀 다 .

인류에게는 긴 시간이었고 그 사이에 인간은 도시 생활자로 탈바꿈하였다.
들판은 사라지고 콘크리트 숲만이 울창해졌다.
이제 인류는 바람이 불어도 정해진 시간에 갇힌 채 노동을 하게 되었다.
하늘과 땅을 보는 일이 드물어졌다.
밤하늘에 뜬 별을 볼 생각도 없고 본다 해도 그냥 별, 하고 읊조릴 뿐이다.
정령은 가공된 비현실 속에서만 존재하게 되었고
자연을 잃은 인류는 길들여진 짐승이 된 채 본능도 잃었다.
그러던 어느 날 본능에 눈을 뜨기 시작한 인류가 있었다.

여행자.

여행은 배회다.
마음에 바람이 부는 날이면 어김없이 고개를 쳐드는 본능.
삶 너머를 기웃거리고 싶고,
들판에서 사냥을 하듯 바람을 헤치며 길을 걷고 싶은 것이다.
본능은 본능이지 목적이 아니다.

그러니 여행에는 이유가 없다.

문득, 여행이 떠오른다면
최초의 인류가 바람이 부는 날 들판으로 나갔던 기억을
피의 기록으로 더듬는 것이다.
대지와 교감하고 자연 속에서 본능을 깨닫던 그 날의 상기다.

그렇기에 여행은 인간으로서의 본능을 지닌 오래된 자신과 조우하는 일!

사진

찰칵거리며 채집한 시간의   비늘

사 진 기 로 채 집 한 시 간 의 비 늘 .

사진기는 솔직하다.
그러나 그의 뱃속에서 빛을 받아 태어난 사진은 능청스럽다.
거짓을 보여주기도 하고, 추잡한 것을 아름답게 바꾸기도 한다.
거대한 혹은 미세한 관점으로 들여다봄으로써
동일한 세계의 낯선 이면을 끄집어낸다.
그러니, 사진은 찍는 이의 시선과 마음에 따라 완전히 다른 빛깔이 된다.

눈으로 직접 보는 것과 찍힌 사진을 보는 것은 완전히 다르다.
포착된 찰나는 확정된 세계처럼 보이지만
기억과 만나면 비디오테이프처럼 그때의 상황과 시간을 재생시킨다.
그렇기에 사진은 순간의 장면이 아니라
기억의 덩어리를 압축하듯 포착하는 것이다.
찬란한 생의 순간을 기록하던 것이 어느덧 세계와 소통하는 도구가 되었다.
더 이상 자신을 감추지 않고 거침없이 타인에게 모습을 드러낸다.
무차별적으로 채집되어 무분별하게 유포되기에 이르렀다.
대량생산되는 공산품처럼 포착된 찰나가 지천이다.

그런 까닭에 사진은 사랑을 잃은 연인의 대화처럼 무덤덤하다.

그토록 황홀했던 사랑이 떠오르지 않게 된 어느 날처럼.
일상다반사인 '찰칵' 소리가 지겨울 지경이다.

이별

이미 마음속에 자리 잡고 있던   두려움과의   조우

만나기 전, 그러니까 낯선 타인일 때는 징후조차 없다.
익숙한 사이가 되어서야 이별은 곳곳에서 징후를 드러낸다.
둘 사이로 침입한 막연한 기대와 불안한 믿음이
단단하다 여겼던 관계에 금을 낸다.

이별은 단순한 헤어짐이 아니다.
실패한 관계에 가시처럼 박혀있던 불안한 파편들의 폭발이다.
만남에 짙게 드리워진 그림자다.

그는 관계의 주변을 배회한다.
징후는 만남이 거듭될수록 정오의 그림자처럼 짙어져서
결국 몸을 일으켜 세운다.
익숙한 것과 헤어지는 건 이빨 하나가 빠지는 일과 같다.
섭섭하고 아쉽지만 욱신거리던 통증은 언젠가 가라앉는다.
아픔은 잊혀지고 상처만이 좋았던 시절을 기억할 뿐이다.

더 슬픈 사 실 은 이 마 저 도 익 숙 해 진 다 는 것 .

이별은 새로운 대상과 익숙해지길 숨죽여 기다리다가
포식자처럼 능숙한 솜씨로 급습한다.
이것은 이미 마음속에 자리 잡고 있던 두려움의 발산이다.
만남은 익숙해지기를 고대하고
익숙해질수록 관계는 진부해진다.
그러는 사이 그는 보이지 않던 형체를 서서히 갖춘다.
완전한 몸이 된 이별이 당도하면
받아들이고 싶지 않다고 손을 휘젓지만
어느덧 예전의 감정은 증발한다.
곧 완곡한 몸짓으로 받아들일 수밖에 없다.
피하고 싶지만 어디선가 본 듯한 기시감을 끌고서 반복된다.

반드시 이별해야만 하는 이별이 있다면, 이별이 불가능한 이별도 있다.
모든 만남이 좋은 관계의 시작이라고 할 수 없듯 이별도 그러할 것이다.
단지, 시간이 흐를 만큼 흐른 뒤에야 진실은 목격된다.
만남 이후에 이별의 징후가 드러나듯.

그럼에도 가장 슬픈 이별은
두 려 움 에 휩 싸 여 미 리 해 버 린 이 별 이 다 .

소멸하는 생을 재는 눈금자

시간

예전에는 녀석에게도 입이 있었다.
1510년 독일 뉘른베르크의 페터 헨라인^{Peter Henlein}이라는 자물쇠 장인이
휴대 시계를 처음으로 만들었을 때만 해도
시간의 소멸을 언제 어디서든 목격할 수 있었다.
뿐만 아니라 째깍거리며 흩어지는 시간의 슬픈 울음소리도 들을 수 있었다.
그 시절 사람들은 신이 자신에게 쥐어준 일생에서 사멸하는 시간의 부고에
귀를 기울였다.

그러나 언제부턴가 모두들 바빠지고
시간의 말소리조차 시끄럽고 부산하다고 여겼다.
마치 소음이라도 되는 듯이.
그 후로 시간은 입을 굳게 다물고 침묵했다.
아무도 실종된 시간의 말을 찾아 나서지 않았다.
분주한 일상에서 즉각적이고 말초적인 즐거움과 행복이 더 시급했으니까.
이미 지나갔거나 써버린 시간보다는
다가오거나 쓸 수 있는 시간이 간절했다.
즐거움은 다가올 시간에만 있다고 믿었다.

시 간 은 소 멸 하 는 생 을 재 는 눈 금 자 .

그러니 들여다보기 싫을 것이다.
"시간은 물에 젖은 무거운 솜이불이다"라고 니체가 말했다.
젊은 날에는 버거울 정도로 많은 듯 보이고,
세월이 한참 흘러서는 한없이 부족해 보이는 건 지극히 이기적인 심리다.

째깍거리며 사라지는 생의 파편들은,
우리를 떠나 어디로 갔을까?

광장에 우두커니 서서 소멸하는 생의 눈금자를 바라본 적이 있다.

언어의 그림자 혹은 감정의 구멍

언 어 의   그 림 자 .
사람 사는 곳이면, 지구든 지구 밖이든 어디에나 존재하는
언어의 사생아이자 달아오른 감정의 씨앗이다.
감정에 펑크가 나면 그곳으로부터 욕이 삐져나온다.
이 언어 습관은 자제력을 잃고 추락하는 비행기처럼 어찌할 방도가 없다.
이것을 '말의 카타르시스'라고 여기는 이들에게는
이마저도 언어의 일부겠지만
듣는 이에게는 귀를 없애고 싶은 통증을 유발한다.

그럼에도 세상 돌아가는 꼴을 보면
입 밖으로 절로 튀쳐나오는 욕을 참는 것도 고역이라면 고역이다.
안으로 삼켜서 참는 것만이 능사가 아니다.
화산이 가장 취약한 땅의 껍질을 뚫고 터지듯
언젠가 감정의 구멍에서도 폭발이 일어난다.
하지만 욕이 증오를 잉태하는 건 위험하다.

감정의 구멍을 잘 지키자.
시도 때도 없이 날카로워지는 감정의 파편이
누군가를 다치게 하지 않도록.

아 름 다 운   무 지

길들여지지 않는 나,
다른 것이 섞이지 않은 본성이다.

세상의 관점으로 보자면, 이것은 무지다.
이 아름다운 무지의 생은 짧다.
태어나 인지가 가능해지자마자 가족, 공동체, 사회, 국가로부터
지속적으로 학습되며 찬란할 틈도 없이 순백의 시대는 저문다.
세계는 강박적인 몸짓으로 개인의 본성을 억압적으로 규정하고
결국에 '순수한 나'는 숨이 막혀 죽는다.
이것은 명백한 살인 사건임에도 한 치의 의혹도 제기되지 않고
그대로 종결되어 시나브로 잊힌다.

순수를 상실한 것들이 순수한 것들을 짓이기는 시대.
누구도 순수의 죽음을 기억하지 않고,
누군가는 "나이를 먹고서도 순수하면 안된다"고 단언한다.
그래서는 이 험한 세상에서 살아가기 힘들다는 섬뜩한 전제가 드리워진
절망스러운 대사다.

인류는 너무 일찍 먹고 사는 불안에 사로잡혀
불순해진 건 아닐까.
'순수 따위가 뭐냐'고 비하한 건 그 누구도 아닌, 바로 우리 자신이다.
스스로 위대한 정신이라 칭하는 앎 앞에서 무지인 순수는 맥을 추지 못한다.
그럼에도 이제 개인의 본성을 삶의 퇴적층에서 발굴해야 한다.
길들여지기 전의 순수를.

유물이 된 순수.
조금만 파면 드러날 가장 순수한 생의 지층.

자신을 안다는 건 순수로서의 나,
물들지 않은 본연인 자신을 안다는 것 아닐까.

해커

집요하게

야하다

인간이 쌓은 세계가 허술한 무대 위에 서있음을 증명하는
농 담 의   기 술 자 .

이들은 집요하게 야하다.
진실을 발가벗기려고 안달한다.
감추려는 자들은 암호로 가득한 방화벽을 치지만 그곳에도 틈이 있다.
완전해 보이는 세계가 오히려 그것과는 멀다.

이 기술자들은 짐짓 고상한 척 위선을 떠는 사이트를 하룻밤 만에
플레이보이 같은 야한 잡지로 둔갑시키고,
지구 밖에서 지구를 살피는 인공위성을 쓸모없는 고철 덩어리로 만들거나
숨겨진 국가 기밀을 폭로한다.
위트 넘치는 이들은 잘 돌아가는 듯 보이는 세계를
아수라장으로 만들 수 있기에 위험인물로 지목된다.

그러나 이들은 대체로 순박하다.
오히려 이들의 농담을 이해하지 못하는 자들이 문제의 진원지다.

해커는 총으로 혁명하려는 자들과 달리 컴퓨터가 없으면 무용지물인 혁명가다.
이들이 벗기려는 진실은 세계의 틈이다.
취약한 지점을 찾아내어 흔든다.
사소한 틈이 세계라는 댐을 허무는 무지막지한 힘이라고 경고한다.
그렇기에 이들은 뭔가를 허물거나 쓰러트리려는 것이 아니라
세상을 사랑하고 아끼는 자다.
물론, 특정 세력과 결탁하는 불순한 해커들도 존재한다.

대중은 이들에게 관심이 없다.
사 람 의   마 음 을   읽 거 나   훔 치 는   해 커 가   있 다 면   모 를 까 .

일
상
의

뒤
편
에
서

서
성
이
던

자
신
과
의

대
면

일상의 뒤편에 서성이던 자신과의 대면.
우리는 대체로 타인과의 소통 속에서 시끄럽게 지내는 데 익숙하다.
그 소란 사이로 찾아온 텅 빈 고요는 낯설다.
민낯인 자신을 보는 일은 발가벗은 채로 광장에 서있는 것과 같다.

바람 한 점 불지 않는 조용한 바다의 밑바닥에는 거대한 해류가 흐른다.
그렇게 흐르지 않는다면 진작에 썩어버렸을 것이다.
겉으로 드러나지 않은 나와 마주하는 건 자신을 애정하는 일이다.

고독은 파티가 끝난 뒤 찾아온 고요와 같다.
음악이 꺼지고 빈 접시와 빈 병과 잔만 나뒹군다.
난장판이 된 거실과 주방을 치우고 쓰레기를 모아 집 앞에 내놓는다.
열어두었던 창을 차례대로 닫고 소파에 몸을 깊숙이 앉힌다.
피곤하지만 잠은 오지 않는다.
침묵의 시간 동안 제 안의 것들이 가만히 모습을 드러낸다.

이런 날에 만나는 자신은 더 반갑다.

별 탈 없이 잘 지내던 어느 날, 마음에 거대한 파도가 치는 날이 있다.
이런 날에는 고독 속에 자신을 방치해야 한다.
내면을 들여다보기 좋은 날이니까.
그렇게 며칠을 지독하게 뒹굴다 보면
어느덧 생의 황홀한 순간이 지금이라는 걸 깨닫게 된다.
실은, 고독하지 않으려고 하는 거부 반응이 문제다.
고독을 외로움이라고 착각하는 것이다.
그래서 자신을 만날 생각은 하지 않고
인파에 섞여 방황하거나 헛된 마음으로 연락처를 뒤적인다.

생 의   고 독 은   타 인 으 로   잠 재 울   수   없 다.

고독은 타인의 얼굴을 보듯 애정 어린 눈으로 자신을 보라는 모스부호다.
뚜, 뚜, 뚜, 우.
'당신의 당신을 만나세요' 하는 내면의 목소리.

생과 생을 이어주는 비밀의   문

어머니

생의 탄생지.
이곳은 남성과 여성을 한꺼번에 품은 대지.
우연과 운명에 의해 필연적으로 생이 깃드는 곳.

이 따스한 땅은 어떤 상황에 직면하면 막 잡은 짐승의 피처럼 뜨거워지고,
때로 극지의 동토처럼 차가워진다.
비옥한 동시에 척박한 이곳에서 생명이 나고 자란다.
훌쩍 자라 떠났던 생들이 제 탄생지를 잊지 못하고
그 품으로 다시 귀환하기도 한다.
그렇기에 어머니는 존재의 고향이다.

생 의 무 게 를 온 전 히 받 아 내 는 너 른 품 .

이 땅에는 고통이 따르지 않는 탄생이 없고, 사소한 생도 없다.
어머니라 불리는 대지는 모든 것을 거두어 생의 입을 채우고,
성숙해지고 굳세지는 걸 인자하게 바라본다.
그 시선은 끝없는 지평선의 눈빛과 같다.
대지의 자식들은 알지 못한다.
먹이고 키운 대지의 위대함을.

신비롭고 놀라움으로 휩싸인 땅이자
생과 생이 대대로 잇대어지는 비밀의 문.
이 문을 통하지 않고 생은 열리지 않는다.
그러니 어머니는 나와 당신의 시작이다.

그 시작의 문 앞에 무릎을 꿇고 경배를 올릴 것.

바다

길을 떠난 모든 물의 모천

빛의 침투를 거부하는 깊이, 우주와 같은 짙은 어둠,
낮아질수록 강해지는 저항, 고요를 따라 흐르는 해류,
겉과 속을 뒤섞는 자발적 정화, 방황하는 물들이 모이는 모천母川,
숱한 생명의 발걸음에도 드러나지 않는 길,
그리워서 허연 포말을 무는 파도, 색을 상실하여 모든 빛을 안는 품…….

그렇기에 세상의 소란으로부터 달아날 수 있는 유일한 공간.

이곳은 생명을 품는 숲과 닮았다.
지상의 세계와 다른 점이 있다면 공기 대신 짠 물로 채워졌다는 것.
이곳에도 바람이 불고 생명이 모여들어 삶을 이룬다.
해변에 서서 그를 보지만 속은커녕 겉조차도 제대로 알 수 없다.
목도하면서도 알 수 없는 묘한 것들이 자석처럼 끌어당긴다.
그렇기에 앞에 서면 설렌다.

바다는 카멜레온처럼 빛을 바꾸며 유혹한다.
이토록 아름다운 빛깔을 잃지 않으려고
달이 만개할 때마다 희디 흰 소금을 몸에 친다.
어렴풋이 저를 내보일 뿐 속을 드러내지 않기에 신비롭다.
그는 그렇게 태고부터 경이와 경외의 대상으로 세상에 자신을 각인시켰다.
바다는 겉만 보고 속을 안다고 확신하지 말라는 신탁과도 같다.
'한 길 사람 속도 알 수 없다'는 문장이 납득되는 건
아무래도 이 신탁 때문일지 모른다.

바다가 본래 투명한 빛깔이라면
인간은 뭔가에 물들여진 불투명한 빛깔이라는
느낌을 지울 수 없다.

죽음의 발단이자 삶의 동반자

생의 자극체.
인간이 얼마나 취약한 존재인지를 끊임없이 일깨워주는 실재.

아무것도 먹지도 싸지도 않는 바이러스는 제 힘만으로는 생을 이어갈 수 없다.
다른 생명체가 필요하다. 타인 없이 내가 있을 수 없듯.
녀석은 낯선 생명체 속으로 살금살금 기어 들어가
자신을 똑같이 복제한다.
그리고는 생명체의 세포를 파괴하고 병을 일으킨다.
생명체의 삶과 죽음에는 관심이 없다.
제 열망만을 폭죽처럼 터트린다.

사소한 감기에, 가시 하나에, 생 하나가 푹 하고 쓰러질 수 있다.
현미경으로나 볼 수 있는 바이러스는 작지만 결코 작지 않은 위력을 품고 있다.
더 놀라운 건 녀석들 없이 생명체 또한 잘 살 수 없다는 사실이다.
이 위험한 존재와 더불어 살기에
지금까지 인간과 자연이 생을 이어올 수 있었다.

죽음의 발단이면서 삶의 동반자라니,
기막힌   인연이지   않은가.

정말 미친 짓일까?

다른 세계에 살던 낯선 두 종족이
우연히 만나 한 침대를 쓰게 된 사건.

한 종족은 정글에서 왔고
다른 종족은 황량한 사막에서 왔다고 상상해보라.
당연히 살아온 방식도 생각도 다를 것이다.
그럼에도 둘은 완벽한 착각에 빠진다.
진정한 하나가 될 수 있다는 기대는 도대체 어디서 돋은 것일까.
익숙해질 때도 됐건만 여전히 낯선 종족임을 깨닫기 시작할 때
그들은 기대의 시대를 지나 투쟁의 시대로 접어든다.
익숙해진 낯선 종족과의 삶에도 불구하고 사라지지 않는,
이해할 수 없는 낯선 것들이 미워진다.

낯선 두 종족을 위협하는 가장 무서운 적은 외부에 있지 않다.
그토록 많은 이들이 결혼을 두려워하는 것도 이 때문일 것이다.
서로를 향한 이기적 마음.
풀 리 지 않 는 미 스 터 리 보 다 더 미 스 터 리 한 것 이
당 사 자 의 마 음 이 다 .
결혼을 앞둔 커플이 어떤 충고를 듣는 건
문제를 풀지 못한 이에게 답을 듣는 꼴이나 마찬가지다.
결국 낯선 종족과 결혼할 것인가, 아닌가.
그리고 그 후의 결과는
오직 당사자의 몫으로 남겨진다.

지금껏 사회는 적응과 순응을 가르쳤다.
그것이 성숙한 인간이 걸어온 진화의 실체라는 듯이.
싱글보다는 결혼한 부부를 더 선호한다.
모든 이를 조직 생활에 익숙해지도록 교묘하게 조작한다.
결혼하는 것이 마땅하다는 인식도
이러한 기만적 사회 관습에 길들여진 탓이다.

그러나 낯선 종족과
한 공간에서의 낯선 즐거움을 상상한다면
실패를 두려워할 까닭도 없다.

헛된 기대의 옷을 벗는 일.
벗어서 마음을 가볍게 위로하는 일.

처한 상황과 지닌 능력을 가만히 성찰한 후에야
품었던 마음 한 조각을 내려놓게 된다.
그러니 체념은 일종의 깨침이다.

이것은 흥미롭다.
벗어던지는 것만으로도 두려움과 괴로움이 없는
홀가분한 상태로 탈바꿈시킨다.
물론, 벗는 일은 스스로 약점을 까발리는 것처럼 수치스럽고 힘겹다.
그럼에도 결론을 내리고 나면 대수롭지 않았다는 긍정의 위로로 승화된다.

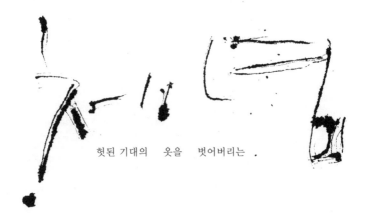

헛된 기대의   옷을   벗어버리는 .

체념은 궁극적으로 욕망의 포기에 관한 결정이다.

숱한 욕망 중 일부를 기꺼이 내던짐으로써
어수선하던 삶을 정갈하게 하는 일이다.
그 과정에서 한쪽으로 치닫던 생각을 가로막고 끊는 방법을 터득한다.
즉, 버림으로써 더 놀라운 것을 얻는 삶의 위트다.
더 이상 가당찮은 희망에 자신을 밀어 넣지 않는 것이다.

이것은 자신만이 내릴 수 있는 자발적 선택이다.
그렇기에 외부 요인에 의해 포기하거나 단념하는 것과는 상이하다.
힘들다고 아무 때나 그만두는 것과도 다르다.
불가항력인 외부의 사정이 아니라 노력과 역량으로
극복할 수 없는 상황에서 내리는 자기 결정으로
맹렬한 질주 후에 멈춤과도 같다.

체념에 저를 맡기고 주저앉으면 절망과 같아진다.
익숙한 기대나 욕망으로부터 자유로워질 때,
체념은 삶을 짓누르지 않고 오히려 삶을 이끄는 힘이 된다.

체 념 하 지 않 고 서 는
이 무 자 비 한 세 상 을 살 아 낼 방 도 가 없 다 .

운명

거스를 수 있다면   거스를수록

세상에 단 하나뿐인 생의 실타래.

거스르면 다칠 수 있고, 순응하면 속이 편하다는 인식이 지배적이긴 하지만
거스를 수 있다면 거스를수록 삶은 모험이 된다.
인간이면 누구나 손금과 함께 이것을 쥔 채로 태어난다.
단지 어떤 의지와 태도로 이 실타래를 풀 것인가가 문제로 남을 뿐이다.

운 명 은   언 제 든   바 꿀   수   있 는   시 간 표 다 .

그렇기에 운명에는 묘미가 있다.
목적지와 교통편, 시간을 의지로 바꿀 수 있다.
하지만 누군가가 운명대로 살았는지,
바꾸면서 살았는지 증명된 바가 없으니
당신의 확신과 의지대로 살면 그만이다.
한번뿐인 인생인데 언제 다시 하고 싶은 대로 살아볼 수 있겠는가.
누구에게나 취향이 있듯 운명도 마찬가지다.
삶은 이미 누군가의 몫이고
사는 방식에 따라 찾아오는 결과도 달라진다.
사는 자의 꼴이 곧 운명인 것이다.
운명론자건 아니건, 모두에게 똑같이 적용되는 기묘한 법칙이다.
운명에서 딱 하나는 정해져 있다.
누구나 죽을 운명이라는 거다.

그러니 제발,
봄볕처럼 뜨겁게, 나비처럼 즐겁게
운명 따위 거스르다 죽자.

살아있음에 대한   강력한   각성

숨이 붙은 채로는 가지 못할 세계,
살아서는 누리지 못할 삶 건너의 미지.
궁금하지만 선뜻 찾아 나설 수 없다.
그러나 생의 마지막 날에는 만나고 싶지 않아도 피할 방법이 없다.

누구라도 예외 없이 맞아야 하는 태어난 자의 숙명이니.
죽음이 없는 인간은 쇼윈도 안에 서있는 마네킹과 다를 바 없다.

영원한 삶이 가능하다면 과연 축복일까?
영문도 모른 채 와서 그 이유를 파헤칠 시간도 없이 바지런히 살다가
예상치 못한 어느 날 이것과 마주칠 것이기에
삶은 가치롭다.
연락도 없이 불쑥 찾아온 이것 앞에서
살아낸 생이 부끄럽지 않다면 두려울 까닭도 없다.

삶의 모든 자리마다 이것이 서성이기에 생이 이토록 간절하고 찬란하다.

죽음은 드러낼 수 없는 부재의 몸으로 제 존재를 인식시킨다.
죽음에 대한 인식이야말로 살아있음에 대한 강력한 각성이다.

그러니 지금은 두려움을 잊고
뜨겁게 자신을 태워야 한다.
그대나, 나나 이렇게 살아있으므로.

전사의 근육이며, 동시에 괴물의   이빨

이것이 없다면 당신은 땅속에 누워있는 망자와 다를 바 없다.
소심하거나 보잘 것 없어 보이는 질투가 개인의 삶은 물론,
인류의 문명까지 앞당겨왔다.
그러니 인류의 진보는 질투의 역사인 셈이다.
투쟁의 역사란 말도 결국 질투가 낳은 하나의 현상에 불과하다.
질투가 싸움박질에 제법 큰 역할을 하니 말이다.

이 힘은 전사의 근육이며, 동시에 괴물의 이빨이다.
자기 발전의 원동력이기도 한 질투가 지나치면 삶에의 방향을 잃은 채
비틀거리게 되거나 자기애에 빠져서 제대로 보지 못하게 된다.
통제력을 잃으면 자신은 물론 타인의 목을 가차 없이 문다.
질투의 신인 오셀로는 이 길들이기 어려운 맹수가
생각 속에 산다고 믿었다.
존재하지 않는 척 몸을 숨기고 있다가 밖으로 뛰쳐나와
자신은 물론 타인까지 공격하는 형체가 없는 생각이라고.

보 이 지   않 기 에   이 것 은   무 섭 다 .
관계와 관계, 욕망과 욕망 사이에도 질투가 산다.
단순한 시기심이 되는 순간,
존재를 이끄는 힘에서 터전을 허무는 증오로 변질된다.

그러니 질투는 상하기 쉬운 약이다.
잘 다스리면 존재의 힘이고
잘못 쓰면 흉포한 마음이고 만다.

생명력으로   출렁이는

강요되지 않고, 자발적으로 생성되는 생의 빅뱅.
무엇이 되어 무엇으로 펼쳐질지 모를 미지의 영토.
인생에서 가장 아름다운 시절.

무엇에도 얽매이지 않는 자유분방함으로
뇌와 육체에 제 것을 아로새긴다.
한 번 새겨지면 인생이 끝나는 순간까지 쉬이 지워지지 않는다.

자아와 세계 사이에서 격렬하게 투쟁하며
한 걸음씩 나아가야 하는 인생의 가장 찬란한 시절이자,
경이로운 몽상으로 가득한 꿈의 시대.
생명력으로 출렁이는 시기로 생에 종지부를 찍기 전까지
존재를 지탱할 마음과 정신의 에너지를 비축한다.

많은 이들이 이 시절을 잊지 못한다.
돌아갈 수만 있다면 되돌아가고 싶다는 불가능한 희망을 품고 지낸다.
자유로운 구름의 변화무쌍함처럼 유년도 그러하다.

구름에게 왜 변하냐고 질문하지 않듯 유년에게도 그래야 한다.
마 땅 히 .

구름에게 왜 변하냐고 질문하지 않듯 유년에게도 그래야 한다.

두
기
력

정신을 익사시키는
깊고   어두운   바다

모든 것에 속수무책이 되며,
사기와 자존심은 내팽개쳐버린 지 오래인 상태.
정신을 익사시키는 허무라는 깊고 어두운 바다.

'해도 되는 것이 없다'는 절망감에 휩싸이며,
삶에 대한 단서도 찾지 못한 채 깊은 바다에 표류한다.
반복되는 불행에 자신을 방치한다.

자기 통제가 되지 않는 즉, 제구가 되지 않는 투수와 같은 상태.

사람은 무엇으로 서는가.
육체의 힘이 아니라 정신의 힘인 기(氣)다.
기가 빠지면 무기력한 상태가 된다.
일어설 힘을 잃는다. 제대로 기립하지 못하면 존재성도 잃는다.
그렇기에 한 사람을 중병에 걸린 병자로 전락시킨다.
이것은 자기 믿음의 상실이자 희망의 소멸이다.
이 위험한 바다에 개인만 빠지는 것이 아니다.
사회도 마찬가지로 해법도 의지도 잃은 채
절망스러운 바다에 표류한다.
자기에의 믿음과 삶에 대한 희망을 되찾을 때,
무기력은 기력을 잃고 조용히 떠난다.

구원은 외부가 아니라
언제나 내부에서 일어난다.

달력

살아갈 날이 줄어들고 있음을 세어주는 숫자판

생의 시간표.
날짜를 보여주는 척하지만
종국에는 살아갈 날이 줄었다고 확인시키는 잔인한 숫자판.

해가 바뀌고 새 달력을 펼쳐놓으면 왠지
절실하게 기다린 멋진 생이 펼쳐질 것 같은 희망의 기류가 가슴에 흐른다.

사소한 감정에 끌려서, 사랑에 들떠서, 일에 치여서, 갈팡질팡하느라
생에서 사라지는 하루의 죽음을 보지 못한다.
달력은 지나간 날도 여전히 살아있다는 듯
말간 표정으로 우리를 쳐다본다.
둔한 우리는 월말이나 연말이 되어서야 한 달이, 일 년이 끝났음을
뒤늦게 눈치챈다.

지워진 날과 다가오는 날 사이에 서있다는 걸 문득, 직감할 때가 있다.
매 순간 아슬아슬한 삶의 외줄에
서있다는 걸 잊고 지내다가 말이다.
달이나 해가 바뀌어야만 겨우 알아채고 두려움에 휩싸인다.
나이 들거나 늙어가는 것은 두렵지 않다.
제대로 살지 못한 채로
그렇게 하루, 한 달, 일 년을 써버리는 것이 무섭다.

달력은 숫자로 인간을 농락하는 사기꾼이다.
이제 겨우 하루를 썼고 해가 뜨면 내일이 또 온다고 속삭인다.
한 달을 보내면 다음 달이 있다고 위로하고,
일 년을 쓰고 나면 지난 것은 송두리째 잊고
새로 시작하는 마음으로 새로운 일 년을 살아가라고 부추긴다.

허 나 , 새 달 력 에 또 속 고 말 것 이 다 .

쓸쓸한 징표의 이름표

아버지

대문을 나서는 순간부터 그는 영웅이다.
이 영웅은 날지도 못하고 잘 싸우지도 못하지만,
참을성이 뛰어나고 부지런하며 꼬박꼬박 집으로 돌아오는 회기 본능을 지녔다.
끊임없는 자기와의 싸움에 지쳐 어느덧 흰 머리가 수북하며,
어깨는 바라보기 민망할 정도로 축 처졌다.
아들딸 앞에서 떳떳하게 고개를 들지도 못하며
아내에겐 죄인이 되어 머리를 조아린다.
이들은 대부분 침묵으로 말하고,
삶의 최전방에서 힘겨움을 거부하지 않고 받아낸다.
이따금 술로 그것을 다스린다.
이들에게 술이란 곁에서 묵묵히 지켜봐 주는 다정한 눈빛이고,
어깨를 다독이는 벗의 다사로운 손길이다.

이들도 남자라는 종족이었다.
젊은 시절에는 보통의 남자들이 그러하듯
기이하고, 특이하며, 철부지였다.
밥벌이에 찌들고 나이가 들어
예전처럼 방황하고 다닐 기력을 잃었다.
그리고 어느 날 남자라는 종족의 표식을 떼고
아버지라는 쓸쓸한 징표를 이름표처럼 붙이게 된다.

아 버 지 .

이들의 어깨가 굽은 건 짐을 많이 졌기 때문만이 아니다.
지나쳐온 삶이 부끄러워 연신 몸을 굽신거린 탓이다.
가족 앞에서 이들의 입은 무력할 만큼 무겁고
마음은 완행열차보다 느리다.
속내를 드러내는 일에 익숙하지 않은 탓일까?

내 아 버 지 도 이 러 할 것 이 다 .

마 음 에

새 겨 진

그 리 움 의

단 층

기억의 단층을 발굴하다.
지나온 삶의 풍경이 켜켜이 쌓인 추억은
경험으로 감각화된 세계이자 시간이다.
강렬한 기억이 마음의 몸에 파랗게 문신을 새긴다.
세월이 흐르고 새로운 기억들이 덮인다.
어느 날 문득, 그것을 들춘다.
그 렇 기 에 추 억 은 기 억 에 의 그 리 움 이 다 .

그립지 아니한데 추억으로 남겨질 리 없다.

추억은 기억의 무게를 떠받치는 동안 변이를 일으킨다.
경험된 첫 순간에 감정이라는 미생물과 만나 자신을 둔갑한다.
만일, 온전한 기억의 민낯과 마주해야 한다면
우리는 추억이라 불리는 것을 추억하지 않을지 모른다.

추억은 애틋한 되새김이자 이룰 수 없었던, 혹은 다가서지 못한 아쉬움이다.
그렇기에 추억의 몸은 가녀리고 애잔하기까지 하다.
다시는 돌아갈 수도, 돌이킬 수도 없는 그리움이기에 그러하다.

추억이 삶의 자양분이 되는 건 나쁘지 않지만
삶을 지탱하는 전부라면 심란할 것이다.
뭐든 그리운 채로 남겨질 때가 아름답다.
떠나간 연인만을 생각하며 평생을 슬픔에 빠져 살 수 없듯.

문득, 그리워지는 것으로 족하다.
그 게 추 억 의 애 틋 함 이 니 까.

침묵

생의 모든 소란을 견디게 하는 캄캄한 침묵

누군가는 이것을 낭비이거나 사치라고 말한다.
눈 감은 채 강탈당하는 생의 시간에 대한 토로일 테지만,
그럼에도 동의할 수 없다.

인식할 수 없는 세계로 들어가는 자맥질.
잠은 일상의 소란을 입 닫게 하는 일.

깨어있는 동안 인간은 들쭉날쭉,
좋고 나쁜 감정의 기복을 타고 표류한다.
생각하고 느낀다는 건 인간이 동물과 구별되는
가장 명확한 차이면서 가장 슬픈 차이다.
그런 중에 특권과도 같은 직립을 버리고 잠의 품에 안긴 채
생의 통증을 홀연히 잊을 수 있다는 건 달콤한 선물이다.
그러니 잠은 존재마저 일시로 사라지는 망각의 황홀이다.
예상치 못한 순간에 한 사람에게 빠져드는 일처럼 그렇다.

생이라는 것이 살아있음을 자각케 하는 결정적 순간이며 증명이지만,
잠을 자는 동안 그 모든 것을 겨우 내려놓을 수 있다.
잠시 잊었기에 다시 눈을 뜨고 살아갈 수 있다.
꼭대기에서 굴러떨어진 돌을 다시 밀어 올리기 위해
산을 내려가는 시시포스의 걸음처럼.
잠깐 잊는 것도 불가능하다면 너무나 가혹한 생이다.
그러니, 잠은 낭비일 리 없다.
잘 자지 않고서는 잘 살 수 없을 테니.

잠,
그것은 생의 모든 소란을 견디게 하는
캄캄한 침묵.

희로애락을 수놓는 카펫.
환상, 착각, 허망함이 수놓아져 있어 어떤 각도에서 보면
무척 아름답고 다른 쪽에서 보면 절망에 가까운 모습이다.
태어나 죽는 순간까지 생애는 한 장의 카펫을 짜는 일과 같다.
어떤 것은 아무도 사지 않을 형편없는 물건이고
어떤 것은 너무나 멋져서 몇 세대가 흘러도 칭송을 받는다.

누구든 카펫을 짜고 죽어야 한다.
때로는 잘못된 시작을 하기도 하고,
마칠 무렵 잠깐의 실수로 망쳐버리는 경우도 있다.
시작하자마자 끝을 내야 할 때도 있고,
중요한 시점에 짜던 손을 놓아야 할 수도 있다.
가끔은 절망하고, 종종 희열을 느끼며 한 올 한 올 짜야 한다.
지치고 힘겨워서 당장이라도 그만두고 싶어질 때도 있고
뭔가 잘못되고 있다는 불안이 찾아들기도 하지만 멈출 수 없다.

재료는 각자의 환경에 따라 다르다.
그러니 시작할 때부터 차이가 난다.
어떤 이는 불평등하다고 불만을 뱉지만 선택의 여지가 없다.
어차피 카펫을 짜던 일은 어떤 식으로든 마쳐야 한다.
불공평함에도 더 훌륭한 것을 짤 수 있다는 자신감이
지나친 자기 긍정일지도 모르지만 말이다.

당신이 짜고 있는 카펫은
지금 어떠한가?

희로애락을　수놓는　카펫

삶

컴퓨터

이
들
에
게

심
장
이
생
기
지
않
았
다

똑똑한 머리를 가졌으나 뜨거운 심장은 가지지 못한 종족.
최초의 종족은 동굴 하나를 채울 만큼 체구가 컸다.
어려운 문제를 풀려고 며칠 동안 머리를 굴려야 했다.
그럼에도 친밀하게 지내는 인간보다 월등히 빨랐다.
인간이 이 종족에게 미사일 궤적을 계산하거나
적의 암호를 푸는 일 등을 주문했던 걸 보면 말이다.
세월이 흐르고 이들은 아주 작은 몸으로 진화했다.
위기에 대처하지 못한 몇몇 족속들의 멸종을 봐온 터라
덩치가 미래를 보장하지 못한다는 사실을 일찍 깨달은 것이다.
그러나 여전히 이들에게 심장은 생기지 않았다.

이 종족은 친절하지만 이따금 사소한 바이러스에 정신을 잃어서
인간을 혼란에 빠트린다.
부지런하고 똑똑하지만 냉소적이다.
시를 받아쓰면서도 시적이지 않고, 인간의 삶을 이야기로 기록하면서도
삶의 내력을 이해하지 못한다.
멋진 것을 보여주고 들려주면서도 스스로 감동하는 법이 없다.
물론 자신에게 실망하는 법도 없다.
인간이 이 종족을 자연스럽게 받아들이게 되면서
이들 또한 인간의 삶 깊은 곳까지 개입하게 되었다.
그럼에도 자신이 하는 일이 어떤 결과를 초래하는지에 대해서
조금도 깨닫지 못한다.

생 각 이 라 는   걸   하 면 서 도
그 곳 에   마 음 이   움 트 지   않 아 서   그 렇 다 .

이들은 심장이 생겨도 걱정이라는 걸 잘 안다.
오랫동안 인간을 지켜봐 오면서
마 음 이 란   게   얼 마 나   위 태 로 운   것 인 지   알 아 버 렸 다 .

가뭇없이 소멸하는 연기의 아스라함

달빛

흰 종이에 쌓인 연기.
제 몸을 800도씨로 태움으로써 화끈거리는 삶의 통증에 대항하여
재라는 사리를 남기고 열반에 든다.
그 순간, 홀연히 흩어지는 연기에 인간의 뇌는 심정적인 평온을 얻는다.
위태로운 물질들이 자신의 모든 걸 호시탐탐 노리고 있다는 걸 망각한 채로.

담배는 인간이 주는 사랑과 자신의 목숨을 맞바꾼다.
그저 곳곳에 지독한 사랑의 흔적을 남길 뿐이다.
그에게 빠진 이들은 사랑을 나누는 동안 뿜어지는 어지러운 불빛과
가뭇없이 소멸하는 연기의 아스라함에 매혹된다.
뜨겁게 타오르다 어느 순간 사라지는 생의 본질을
이처럼 명쾌히 보여주는 존재가 또 있겠는가?
철없는 시절엔 멋으로 피우다가
나이가 들어서는 삶의 고단함을 견디기 위해 피운다.
"하루에 몇 갑을 피우네" 하는 말은 허세가 아니다.
삶의 쓴 맛에 길들여져 이것을 피우지 않고서는 견딜 수 없는 지경이라는
넋 두 리 다 .

사랑을 끊으라고 하면 그 누구도 그러지 못하듯
흡연도 마찬가지다.

흡연자에서 비흡연자로 변절한 자로서 한 가지만 당부하자.
직립보행이 인간의 특권이라 하더라도
걸어가면서 담배를 열반에 들게 하는 건
애연가로서의 예의가 아니다.
제발, 어딘가에 서서 그를 떠나보내자.
사랑했던 이에 대한 최소한의 예의 혹은 배려로서.

그런데 궁금하다.
최초의 흡연자인 인디언들은 왜 들판의 마른 풀을 말아 피게 되었을까?

인생의 허무함,
삶의 신산함,
아니면 이별의 통증 때문에.
어쩌면 뭔가를 애써 들이마셔서
영혼에 삶을 담아보기라도 하려는 것이었을지도.

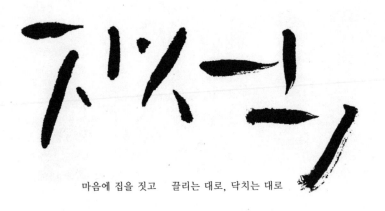

마음에 집을 짓고   끌리는 대로, 닥치는 대로

누구나 품고 산다.

탐욕의 일종인 이것은 마음에 집을 짓고
끌리는 대로, 닥치는 대로 행동한다.
끌어당기면서 동시에 밀쳐낸다.
변덕만큼이나 눈치는 또 얼마나 빠른지 용케도 싫어하는 걸 즉시 알아챈다.
그러니 싫어하는 대상이 아무리 다가가려 애를 써도 허용하는 법이 없다.

가까이 있으면서도 그 사이는 수만 리 길보다 더 멀다.

시기, 질투, 사랑, 미움 등이 이것을 구성하는 요소다.
싫은 건 버리고 좋은 건 가지고 싶은 게 존재의 본성이지만
싫은 것을 품어서 좋게 만들려면 얼마나 오랜 시간이 흘러야 하며,
제가 가진 좋은 것을 타인과 나누려는 마음은 언제쯤 생겨날 수 있을까?

당신이 품은 자석은
무엇을 끌어당기고,
무 엇 을   밀 쳐 내 는 가 .

비
상
과

추
락
을

잉
태
한

물
의

몸

비는 물의 몸이다.
비상과 추락을 잉태한 몸.
강과 바다와 호수와 우물의 과거이자 미래다, 지금 내리는 비는.
저를 투신함으로써 세상을 살린다.
추락으로 비상의 날갯짓을 할 수 있고,
바닥을 쳐야 다시금 기류를 탈 수 있다고 몸으로 증명한다.

순환이 탄생과 죽음의 기원이라는 듯이.

비처럼 꼿꼿한 정신을 가진 것도 드물다.
하찮아 보이는 비 한 방울도 중력에 끌려 수직으로 추락한다.
비는 짊어진 생의 무게를 모든 생명을 보살피는 쪽으로 방향을 바꾼다.
지상에서 가장 아름다운 소리는 비와 세상이 만나서 나누는 대화다.
양철 지붕, 마당, 우물, 장독대, 수반, 우산,
누군가의 어깨에 떨어지는 모든 소리가 대화고 음악이다.

바다로 투신하는 비의 소리를 들어본 적 있는가?
비와 바다가 포옹하는 소리.
기다렸다는 말보다 몸이 먼저 반기는 다독임을.
기회가 오거든 그곳이 어디든 누워서 비를 맞으라,
피하지 않는 지상의 모든 것처럼.
세상에 힘껏 저를 던지는 그에게서
생을 위해 전부를 던지는 법을 배워라.

던져서 스미고 스며서
서로 다른 것이 다르지 않게 되는 이치를.

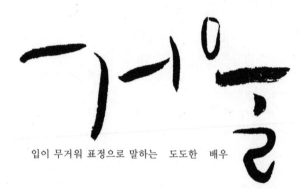

입이 무거워 표정으로 말하는   도도한   배우

입이 무거운 무언극 배우.
그는 이기적일 수 없다.
자신이 아니라 오직 다른 존재를 위해 사는 까닭이다.
어떤 존재를 비출 때마다 그에게도 입이 생기지만 결코 말하는 법이 없다.
숱한 말로 설명하는 일이 부질없다고 여긴다.
보여주는 것이야말로 어떤 구술보다 명쾌한 표현이란 걸 잘 안다.

그는 표현주의 배우다.
들리지 않는 말을 몸짓으로 표현함으로써
모습을 드러낸 존재에게 보는 것이 듣는 일임을 말한다.
그는 안과 밖이라는 두 세계를 동시에 품고 있다.
두 세계는 다르지 않다.
단지 좌우만 뒤바뀔 뿐 달라지는 것은 없다.

그럼에도 존재는 그를 들여다보면서 진실과 그것 너머의 세계와 직면한다.

거울에게는 단순히 비추어 보이는 일이지만,
비춰진 대상에게는 자신을 적나라하게 바라보는 일이 된다.
물론, 거울은 자신 앞에 선 존재들에게 입도 벙긋하지 않는다.
자신을 볼 수 없는 그는 오랜 시간을 살다가,
어느 순간 얼굴이 창백해져 비추어 보이는 일을 거부하기 시작한다.
그의 마음에 녹이 슬어 그렇다.
아무도 자신에게 관심을 주지 않으면 실의에 빠져서
낯빛이 검게 변한다.

사 람 도   거 울   하 나 를   품 고   산 다 .
가끔 자신을 비춰볼 수 있도록 신이 건넨
마음이라는   거 울.

막막함의 고독, 궁핍함의 공포

실종된 희망.

꺾인 날개로 살아가는 새와 다를 바 없는.

'살길이 막막하다'는 문장을 체험하는 소속의 상실.

뭔가를 상실한다는 건 참담한 일이다.

월급을 받을 수도, 소속감을 느낄 수도 없을 때 누구든지 외롭고 두렵다.

그토록 가깝던 사람들로부터 잊혀진 듯한 소외감에 빠지기도 한다.

이들은 기댈 곳을 잃은 생에 화가 치민다.

갈 곳이 없음에도 퇴근 아닌 귀가 시간은 점점 늦어지고,

고민은 눈덩이처럼 불어난다.

그토록 부족하던 시간이 넉넉해졌는데도

오히려 걷잡을 수 없는 불안에 휩싸인다.

경제적 빙하기에 접어들어 생활은 궁핍해지고 일상은 비참해진다.

그러니 실직은 목에 겨누어진 시퍼런 칼날이다.

주머니에서 돈을 꺼내지 않고도 새는 놀라운 기술을 체득하게 되지만

구직을 위한 경력에는 아무런 도움이 되지 않는다.

"살기 좋은 국가는 비자발적 실직자 수가 적다"라는 뉴스 보도는

실직자를 불쾌하게 만든다.

구두 뒤축을 몇 번씩 갈며 살아온 날에 미안해지며

생의 터전인 사회와 국가에 욕지거리가 튀어나온다.

실직자가 없는 세상이 아니라

실직해도 희망이 꺾이지 않는 사회가 절실하다.

바람

때로는 사람 안에서도   분다

바싹 마른 사막에서, 만년설을 이고 선 산맥에서,
대륙 사이에 갇힌 바다에서, 거칠고 뜨거운 황무지에서,
땅의 머리끝과 발끝에서 바람이 잉태된다.
범접하기 어려운 땅의 변방마다 바람이 태어나는 구멍이 감춰져 있다.

그곳에서 태어난 바람이 지금, 당신 곁을 지나간다.

바람은 지구의 날숨이다.
땅에서 태어나 땅으로 돌아가는 그는 오래전부터 몸짓으로 이렇게 말했다.
몰려다니던 것도 언젠가 쥐 죽은 듯 멈추는 날이 오고,
거친 것 안에 유순한 것이 품어져 있으며,
한없이 좋다가도 불쑥 불편함이 기웃거리게 되며,
없었으면 싶었다가도 곁에 있어서 더 좋아지는 것들이 있다고.
없는 듯 있고, 있는 듯 사라지는 것들이 주변에 가득하다고.
그러나 아무도 그가 몸짓으로 전하는 말에 귀 기울이지 않는다.

돌고 도는 순환에 관한 이치.
높고 낮은 차이로 불어닥치는 기복의 증명이 바람이다.

녀석은 때로 사람 안에서도 분다.
그리움에서 간절함으로 불어가고,
긴장에서 떨림으로 휘몰아가는 깊은 감정의 골짜기에도 분다.
어떤 감정으로 인해 마음이 꿈틀거리고 있다면
당신 안에 바람이 불고 있다는 신호다.
그렇게 바람이 부는 날에는 조금 쓸쓸하게 지내도 괜찮다.

때로는 바람이 살아가는 방식으로 살아봄 직하다.

때로는　　사람　　안에서도

바람이   분다.

영혼의 음악.

재즈를 듣는다는 건,
연주자의 영혼과 마주하는 일.

연주자의 영감, 재능, 순발력이 몽환적인 빛깔로 공간을 채우는 재즈는
머리로 이해하는 형식적 음악이 아니라
순수한 감정으로 교감하는 영적 마주침이다.

즉흥 연주의 묘미를 느낄 수 있는 장르.

일순간 저만의 세계로 잠영하면서도
다른 연주자와 긴밀한 대화의 끈을 놓치 않는다.
래그타임 시절부터 현대에 이르기까지
재즈는 끊임없이 자신을 변주시키며 악착같이 살아남았다.
그럼에도 지난 시절의 영광을 재현하지 못하는 건
그 시절의 감성과 영혼이 어느덧 희미하게 흩어져버린 까닭이다.

흑인의 심정을 표현하던 재즈.
연주자들의 호흡 사이로 오가던 그것이
듣는 이에게까지 전달되는 재즈의 힘은 즉흥적 교감에 있다.
그런 까닭에 어떤 마음 상태에 있는 동안에는
아무리 멋진 연주를 들어도 교감하지 못한다.
연주와 하나 되는 순간에 이르렀을 때
난해하고도 멋진 이 음악과 사랑에 빠지게 된다.

요즘과 같은 복잡한 시대를 비유하는 가장 적절한 음악이 바로 재즈다.
어렵지만 여전히 멋지니까.

영혼과 영혼의 수줍은 교감

재즈

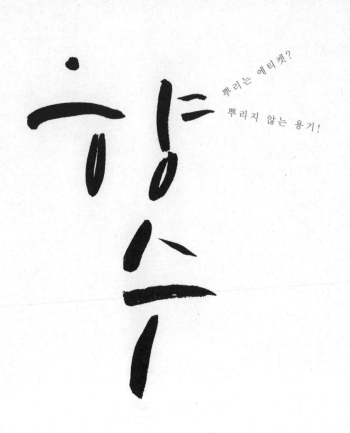

향수

뿌리는 에티켓?
뿌리지 않는 용기!

향료들의 집합.
그레이프프루트, 시더우드, 샌들우드, 사이프러스, 시나몬, 카다몬,
아니스, 클라리세이지, 진저, 블랙페퍼, 오크모스, 패출리, 타임, 페퍼민트,
바질, 유칼립투스, 일랑일랑, 카모마일, 만다린, 시트로넬라,
백합, 베르가못, 파마로사, 네롤리유, 제라늄, 클로브버드……

이렇듯 좋은 향기가 인간의 것이 될 수 있을까?
파리에 살던 여인들이 지독한 시궁창 냄새를 견디려고
뿌리기 시작했던 향수의 시초를 상기한다면 이것은 방향제나 다름없다.
여성은 에스트로겐이라는 호르몬이 있어
남성보다 더 예민한 후각을 가졌다.
때문에 향수를 더 좋아한다.
그래서 그토록 많은 남자들이 여성용 향수를 찾아
백화점을 기웃거렸던 모양이다.
향수를 사용하든, 그렇지 않든 그것은 개인의 취향이다.
단, 과도하게 뿌리면 타인이 인상을 쓰는 역효과를 일으킬 수도 있으니
적당히 뿌리는 자제력을 키울 것.
뿌리지 않을 용기를 발휘한다면 더할 나위 없이 좋겠지만.

복숭아도, 도라지꽃도, 은행나무도, 강아지풀도, 강물도, 돌멩이도,
이름 모를 풀 하나도 가만히 맡아보면 저만의 향기를 품고 있다.
분명 우리에게도 각자의 향기가 있을 것이다.

몸의 껍질에서 풍기는 향기가 아니라
내 면 에 깊 게 배 인 삶 의 향 기 가 그 립 다.

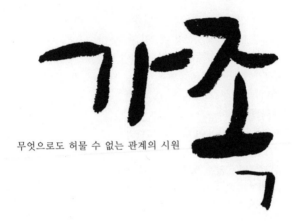

가족

무엇으로도 허물 수 없는 관계의 시원

신성하며 위대한 존재의 탄생지.

앤서니 기든스^{Anthony Giddens}가 1895년에 한 선언처럼
'고전적 의미에서의 가족은 우리 영토에서 소멸'하고 있다.
어떠한 이해관계보다 따뜻하고 강한 유대와 기적과도 같은 사랑의 힘을
발휘케 하면서도 갈등, 투쟁, 화해라는 지난한 과정을 거듭하게 되는 곳.

단란함의 상징이던 가족의 구조는 어느덧 헐거워지고 고장나고 있다.
아주 긴 시간 동안 인류는 가족이란 환상에 갇혀 살았던 것일까.
함께 있음으로 하여 불온함이 깃들고,
떨어져 있음으로 하여 서로를 이해하고 원하게 되는
유별스런 관계의 도식이 성립되는 건 오직 가족뿐이다.
피로 맺어졌기에 무엇보다도 완벽하고 굳건하다고 믿는다.
기대에 의지하지 않은 변치 않을 사랑과 배려가 가족의 힘이라 여긴다.
그 안에 위태로운 것들이 깃들고 있음은 모른 채 하면서 말이다.
가족에 대한 환상적 기대가 깨어지고 실체가 적나라하게 드러나야지
위태로웠던 것을 몰아낼 수 있다.

가족은 몰락되는 것이 아니다.
그것은 무엇으로도 허물 수 없는 관계의 시원이다.
혈통이 가족의 최후의 보루가 되지 않는
새로운 관계의 시원을 찾아 나서야 할 때.

편지

우주에 별을   새기는 일

흰 종이 위에서 벌어지는 빅뱅.
편지를 쓴다는 건 빈 우주에 별을 박아 넣어 사차원 공간으로 만드는 일.
편지를 주고받는다는 건 붉은 마음을 받아 저축하는 일.

우표, 우체통, 우편집배원이 삼위일체를 이루어야 편지는 생을 얻는다.
편지는 한 사람의 마음이 포개진 따스한 문장의 옷을 입고 길을 떠난다.
이제는 우편집배원이 반가워할 정도로 희귀한 사물이 되고 말았다.
즉각 마음을 전하고, 답을 들을 수 있는 신속한 문자메시지와 이메일이
편지를 대신하지만, 빛의 속도로 수년을 달려온 별빛과도 같은
편지의 기쁨과는 비교하기 역부족이다.

한 통의 편지를 쓰기 위해 얼마나 많은 낱말과 문장을 짓고 부수었던가.
인생에서 가장 길고, 고단한 그러나 어떤 삶의 순간보다도
설레던 퇴고의 시간이었다.
그렇게 마음을 꾹꾹 눌러 쓴 편지가 공간을 이동하는 동안
보낸 이의 마음은 붉게 익어간다.

집배원에게서 막 편지를 받은 누군가는
초인종 소리와 함께 떨리는 마음으로 봉투를 뜯는다.
편지를 읽는 순간, 그 안에 납죽 엎드려있던 감정이 둘을 따스하게 잇는다.
즉답의 시대인 요즘은 마음이 담긴 편지가 오고 가는 사이의 시간조차
견디지 못하고 지루함에 몸을 비튼다.
사랑하는 이에게 편지를 부치려고 우체통을 찾아다니던 설렌 마음은
모두 시대의 뒤안으로 밀려나 버렸다.
서랍에 소중히 보관해서 이사 때마다 제일 먼저 챙겼던
그리움 가득한 편지가 사라져버렸다.

거리에서 우체통이 사라진 까닭은 삼 개월 동안
편지 한 통도 받지 못했기 때문이다.

영화

이해할 수 있는 것과
그렇지 않은 것이 공존하는

현실과 비현실로 뒤섞인 세계에 관한 영상 보고서.
이 보고서는 현실만큼 비현실적인 곳도 드물다고 꼬집는다.
관람자들은 영상 속에 등장한 타자를 통해
자신을 엿본다.

영화는 인간이란 존재와 그들의 삶을 둘러싼
모든 것에 관한 증언이자 기록이다.
이해할 수 있는 것과 그렇지 못한 것들이 뒤섞인
어떤 순간과 감정들을 직면케 한다.
이루어질 수 없는 안타까움들,
볼 수 없는 것에 대한 기대들,
후회로 가득해 감추고 싶은 기억들,
음탕한 눈빛과 뜨거운 땀,
꿈틀거리는 몸짓으로 번들거리는 열락의 순간들,
사소하여 잊어버린 망각된 시간들,
참혹하기 그지없는 인간 내면의 풍경과 사건들.
그럼에도 위트와 메시지를 내보임으로써 절망이 아닌 회복에 대한
가능성과 기대를 놓지 않게 한다.

달리는 말을 연속 사진으로 찍은 것이 최초의 영화였던 걸 상기해야 한다.
일상의 단편들이 모여서 짧지도 길지도 않은 인생이 되는 것처럼.
멋지거나 아름다운, 재미나거나 아픈, 슬프거나 기쁜,
기이하거나 낯선, 무덤덤하거나 구차한, 감추거나 까발리고 싶은 감정들이
삶에 기웃거리듯 영화의 속살도 별반 다르지 않다.
삶의 빛깔과 냄새와 모습을 고스란히 담은 한 편의 영화가
때로 삶을 비추는 거울이 된다.

이따금 주인공과 닮았다고 느낄 때마다
가슴은 덜컥 내려앉는다.

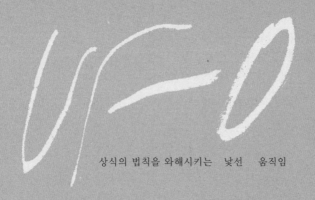

상식의 법칙을 와해시키는   낯선   움직임

산 타 클 로 스 처 럼   날 아 다 닌 다 .
물리학으로도 설명하기 어려운 특이한 방식으로 움직여서
모두를 혼란에 빠트리는 건 물론,
그 움직임만 보더라도 지구 안의 것이 아니라는 온갖 추측을 난무케 한다.
상식의 법칙을 와해시키는 낯선 움직임을 지닌 이것은
접시나 공의 형태를 띠고 있다고 알려졌으나 이마저도 정확치 않다.
순록이 끄는 썰매를 타고 착한 아이들을 찾아다니는
긴 수염의 노인과 달리
이 물체가 무엇을 위해 돌아다니는지에 대해 알려진 바 없다.
가끔은 이 물체를 몰고 다니는 솜씨 좋은 조종사를 스카우트하고 싶을 뿐이다.

세상은 확인된 것과 그렇지 않은 것들로 가득하다.
그러나 확실해지거나 증명되면 호기심은 곧 멸종한다.
밝혀지는 순간, 그것을 향해 들끓던 상상이 순결을 잃어서 그렇다.

미확인된 모든 것들의 몸과 영혼은 순결하다.

사람들은 순결한 것에 열광한다.
순결하지 않은 건 관심을 받지 못하고 비틀거리다가 사라진다.
사랑하던 마음이 서서히 힘을 잃고 주저앉듯이.

외계인과 결부돼 회자되는 이것은 지구 밖의 것이라고 단정 지을 수 없다.
그저 오래도록 인간의 호기심을 자극해온 낯선 무엇이라는 사실뿐이다.
이 낯설고 알려진 바 없는 움직임은
안다는 것이 얼마나 공허한 토대 위에 있는지를 일깨운다.

모르기 때문에 두려운 게 아니다.
알고 있다고 자부했던 것들이
터무니없는 오답일까 겁나는 것이다.

유토피아

불온하고 불완전한 현실의 위무

어 디 에 도   없 다 .
오직 인류의 머릿속에만 존재하는 비실재의 세계.
가상 세계와 다를 바 없다.
그럼에도 인류가 지향하는 어떤 세계의 기준이 된다.
실재하지 않기에 완벽해 보이고,
머릿속에 있기에 곁에 있을 것만 같다.

잡힐 듯 잡히지 않는 열망의 신기루,
불완전한 인류로서는 이룰 수 없는 모순적 환상.

깨어있는 자들의 노력에도 불구하고 이 세계를 실현하는 데
걸림돌이 되는 건, 역시 뜬 눈으로 앞을 보지 못하는 인류 자신이다.
스스로 자신의 지향을 짓밟는 역설이 가능한 건
유토피아를 향한 기대와 개인적 욕망이 끝없이 상충하기 때문이다.

단연코, 오지 않을 세계지만
유토피아를 요청하지 않는 세상은 종말에 가깝다.

삶은 불순하고, 세상은 불온하기에 기꺼이 그것을 넘어서서,
좀 더 온전해지려는 열망과 의지로 숨 막혀야 한다.

우리가 사는 세상에 대한 긍정적 부정이 유토피아다.
유토피아는 마음으로부터 빚어지고 세워지기에
존재치 않으면서 존재하는 세계고, 보이지 않지만 보이는 세계다.
고대하던 마음을 잊어버린 어느 날에
농담처럼 우리 앞에 펼쳐지게 될지 누가 알겠는가.

나는 유토피아를 믿는다.
아니, 사람을 더 믿는다.

결코 오지 않는 세계지만 그것을 꿈꾸지 않는 세상은 종말에 가깝다.

술술 마시다가 취한다.

말이 많아지거나 줄어든다. 스마일 아이콘처럼 된다. 표정을 찾거나 잃는다.
지난 사랑을 그리워하거나 지금 사랑을 힘겨워한다.
자리에 없는 사람을 험담한다. 했던 이야기를 무한 반복한다.
안주를 몰살시키거나 멀리한다. 입을 꾹 다문 양처럼 침묵한다.
사랑에 빠진다. 토한다. 또 마신다. 또 토한다. 꾸벅꾸벅 존다.
옆 사람을 때리거나 더듬는다. 얼굴이 붉어지거나 희어진다.
술값을 낸다. 술값을 내지 않고 달아난다. 말 없이 집으로 돌아간다.
몸을 가누지 못한다. 기억을 잃는다. 길에 쓰러져 아무 데서나 잔다.

취한다는 건, 뭔가에 젖는다는 뜻.
사람에, 기억에, 마음에.
때로는 불편한 제 삶에.

어떤 이는 술을 들이켜서
아픈 기억과 상처, 들끓는 상념을 희석시키려 한다.
하지만 일시적으로 지워질 뿐
더 짙게 새기는 이상한 지우개다.

인생과 맛이 비슷해서 중독되기 쉽다.

그런데, 간 속에 분해되지 않고 남아있던 알코올이
다시 술을 호명한다는 게 사실일까?
만약 그렇다면, 새로운 사랑은 마음속에 잊히지 않은 사랑이 불러온 것인가.

뭔가에 취하는 건 흥미롭지만
취해서 자신을 잃어버리는 건 재미도 없고 쓸모도 없다.

술 술
마시다
취한다

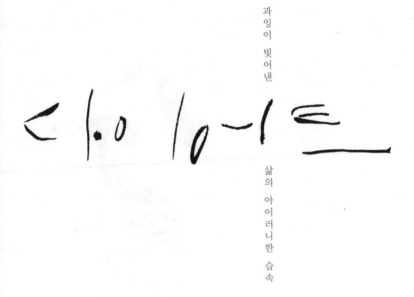

과잉이 빗어낸

삶의 아이러니한 습속

과잉이 빚은 현상.
찌다, 붇다, 늘다, 많다, 복잡하다······.
누구의 강요도 없이 스스로 초래한 결과다.
넘치도록 채우지 않고서 이 지경이 되었을 리 없다.

광고는 무차별적으로 아름다운 것, 한정판, 프리미엄,
머스트해브 아이템이라며 카운트를 세며 소비자를 현혹한다.
당연하다는 듯 소유 목록에 넣을 것들을 규정하고
선동의 언어에 솔깃해진 이들은 자석에 끌리듯 따른다.
성형수술은 일상이 되었고, 다이어트는 삶의 습관이 되었다.
다양한 외부 자극에 노출된 현대인의 욕망은
심각한 지경으로 오염되었다.
문명의 진화가 삶뿐만이 아니라 욕망까지 비대하게 살찌운다.
사회는 능력껏 최대한 벌고 마음껏 소비하라고 부추긴다.

욕망의 골짜기로 날아갔던 부메랑은 언젠가 되돌아와
인류의 뒤통수를 칠 것이다.

욕망이라는 전차에는
'적당히', '조금'이라는 승객은 탑승시키지 않는다.
몇몇 깨친 사람들만이 머잖아 들이닥칠 위기를 감지하고
인간 본연의 존엄성을 지키며 사는 일과
삶의 방식을 변화시켜야 한다고 생각하기 시작했다.
지체할 시간이 없을 만큼 급박한 지경이라면서.

살의 뺄셈이 아니라
욕망의 다이어트도 가능할까?
시대가 복잡해질수록 이것을 잘하는 사람이 행복하게 살 수 있다.

덧 셈 보 다   뺄 셈 을   잘 하 는   사 람 .

인연

존재와 존재를 잇는

나눔의 길

저절로 이어지고 끊어지는 마법의 줄.
투명하며 무게가 없고, 성가시지도 귀찮지도 않은 채로
인간을 묶고 있는 이것은 쇠심줄보다도 질기고,
이슬을 머금은 거미줄보다도 부실하기 짝이 없다.
당신이 누군가와 이것으로 묶여있다면
길이에 따라 가까운 시일에 혹은 먼 훗날에 어김없이 마주 서야 한다.

그러니 이것은 허리춤에 묶인
예정된 만남, 관계, 이별이다.

인연은 숙명의 그늘 아래 있다.
인간의 뜻으로는 끊거나 이을 수 없으니 말이다.
멀어질 인연은 가뭇없이 이별하고, 오래도록 이어질 것은 그리 된다.
사소한 일로 툭, 하고 끊어져서 다시는 마주치지 않기도 하고,
어떤 인연은 잊지 못한 채 평생토록 헤어져서 살아야 한다.

종종 사소한 것이 그렇지 않게 되는 요상한 상황과 마주치는 것이 삶이다.
무수한 줄로 묶여있는 인연에게 함부로 하다가는 큰 코 다칠 수 있다.
인연이라고 다 같은 게 아니다.
서로에게 치명적인 상처를 주는 악연이
인연의 가닥 중에 숨어있기도 하니.

함부로 산다는 것이 얼마나 두려운 일이랴.

확실성과 호기심의　위험한　동거

거짓으로 몸집을 불리는 말.
하룻밤만에 지구 몇 바퀴쯤은 거뜬히 돌 만큼 빠른 말.

이 불온한 말은 자기 복제와 증식으로 힘을 키우고,
사람 사이를 전염병처럼 옮겨 다니며 살을 찌운다.
확실성과 호기심의 위험한 동거로 태어난 이것은
비극적 결함인 하마르티아^{Hamartia}를 지니고 있다.
여기저기를 옮겨 다니며 비대해진 말은 어느새 진실로부터 멀어진다.
짧고 명쾌한 진실의 문장이 치장의 말로 덧대어져
오류를 초래하는 것과 같다.

비 대 해 진 말 은 어 느 덧 칼 을 품 는 다 .
거짓과 의혹으로 벼린 칼날은 점점 더 날카로워진다.
애꿎은 누군가는 이 칼에 치명상을 당하고,
예상치 못한 죽음에 이를 수 있다.
말에 말 하나를 보태는 일은 발가락 사이 때처럼 소소하다.
부담 없이 별것 아닌 듯 시작되지만
위태롭게 방황하던 이것은 결국 참담한 결말을 부른다.
그러는 사이에 보태고 덧붙인 자는 비열하게 숨어버린다.

장난 같은 말 하나가 무섭다.
어 떤 결 과 를 초 래 할 지 모 르 기 에 .

커피

망각의 신들이 뿌린 열매

향기로운 진통제.
이 열매가 신의 대지에 뿌리를 내리고 있을 적에는
이유 없는 사유, 가벼운 침묵, 무게를 잃은 농담, 텅 빈 시간,
분별없는 사랑과 속절없는 이별, 느닷없는 외로움, 불면의 백야
그리고 잊음을 잃어버린 망각의 신들과 친분이 두터웠다.
신이 실수로 지상에 떨어트린 후 그를 반긴 건
뜻밖에도 기도로 긴 밤을 지새우던 신부들이었다.
이것은 흐트러지는 정신을 깨우고 육신의 통증을 잠시나마 잊게 하거나
숨어있던 내면의 능력을 호출한다.
의도된 망각은 존재의 어두운 면을 키워 스스로를 파괴할 수 있다.
그러나 망각은 황홀하다.
망각하지 못한다면 지난 상념과 기억, 상처에 사로잡힌 채
벌벌 떨며 살아야 하는 건 아닐까.

커피에 잠들어 있는 망각의 힘을 끄집어내려면 뜨거운 불로 구워야 한다.
어떤 힘은 무엇인가를 만날 때 비로소 생긴다.
불을 만나기 전 커피는 들판의 숱한 씨앗과 다르지 않다.
잔 속 커피를 들여다보면
어느새 마음은 마법처럼 검은 빛깔에 물들어 차분히 가라앉는다.
부유하던 감정이 검은 액체 속으로 고요히 침잠하는 걸 지켜본다.
흰 김이 보일 듯 말 듯한 모습으로 허공으로 흩어질 때 한 모금 마신다.
감정이 깃든 검은 액체가 목을 타고 내려가
떨어지는 순간 몸과 수런수런 대화를 나눈다.

낯선 이야기가 머리로 올라와 칼 같은 생각으로 변해 소나기처럼 내린다.
그러다가 새까만 밤을 하얗게 지새우는 불면의 밤을 맞기도 한다.

이 제 겨 우 쓴 맛 이 입 에 맞 고 ,
검 은 물 의 생 이 조 금 씩 이 해 되 기 시 작 한 다 .

존재의 무게를   저울에   올려 놓는

타자와의 비교에서 유발하는 부패된 감정.

존재의 무게를 비교의 저울 위에 올려서는 안 된다.

모래 한 알, 북북서에서 불어온 바람, 이름 모를 풀,
작고 푸른 배추벌레 한 마리의 가치를 어떻게 젤 수 있겠는가?
물질적 관념으로 세상을 보는 이들은 기꺼이 저울에 자신을 올린다.
주체적인 태도는 자신을 바로 알고 확신하는 믿음의 바탕에서
뿌리를 내린다.

믿음의 뿌리가 좁고 얕으면 제 아무리 크고 굵은 나무라도
보잘 것 없는 위기를 버티지 못하고 쓰러진다.
자신이 존재하지 않고서 눈앞의 세계가 실재할 리 없다.
존재가 없으면 인식도, 인지도 사라지고 비교하던 대상도
가뭇없이 소멸한다.
그토록 열망했던 것도 스스륵 흩어진다.
세상의 종말은 존재의 죽음과 동시에 온다.
비교 대상이었던 타인은 당신이 보는 세상의 조연일 뿐이다.

당신이 곧 세계며, 세계를 지탱하는 전부다.

그렇기에 당신으로 하여 모든 것이 실재한다.

열등감에 빠져있다면 당신의 세계는 이미 열등하다.
비교의 저울에 기어이 올라가고 싶다면 그렇게 하라.
고기 근을 달 듯 저울질 당하는 것이 좋다면.

섬은 떠있지만 떠돌지 않는다.
마음의 약한 부분을 뚫고 나온 바다의 가시다.
속으로 곪지 않고 드러난 상처다.
달빛이 부서지는 푸른 새벽이거나 사면이 안개로 뒤덮인 몽환의 오전이면
바다는 보드라운 손으로 상처를 씻어내고 다독인다.
그때마다 섬은 쓰리다고 쏴아쏴아, 하며 몸이 희어지도록 끙끙댄다.

홀로 있는 듯 보이지만 혼자가 아니다.
홀로 있는 것에게서 외로운 몸짓이나 그리운 냄새를 감지하는 건
관계에 익숙한 동물의 취약한 감정이다.
곁에 아무도 없다는, 대상의 부재가 일깨우는 쓸쓸함을
참지 못하는 것이다.

섬은 바다가 품은 오래된 기억이다.
여전히 놓지 못한 대지를 향한 꿈의 화석이다.

한때 바다는 대지와 함께 지냈다.
관계의 힘겨움에 자신을 낮추고 낮추던 바다는 대지를 떠났다.
잊었다.
그러던 어느 날 지난 기억에 서러움이 북받쳤다.
관계로 빚어져 얽힌 것은 관계로 밖에 회복할 수 없다는 사실에 화가 났다.
바다는 섬을 등대처럼 밝혀놓고 지금껏 대지의 부름을 기다리고 있다.
언젠가 낮아진 것이 높아지고, 높아진 것이 낮아지는 날이 오리라 희망하면서.

사람이 섬을 그리워하는 건 관계에 지쳤기 때문이다.
관계로 뒤범벅인 세계로부터 탈주하고 싶어서다.
떠나서, 기꺼이 혼자가 되어보려는 것이다.

섬이
섬인 채로
외 롭 지 도
그립지도 않은 것처럼.

섬

속으로 곪지 않고 드러난   바다의 상처

지갑

현금 대신   영수증만이

이 녀석의 취향도 많이 변했다.
살집이 넉넉한 스타일을 좋아했던 적도 있었으나
요즘은 호리호리한 몸매를 좋아한다.
많은 걸 품고 살 때는 몸에 상처가 생겼지만 지금은 그럴 일이 드물다.
요사이 소매치기가 사라진 현상은
지갑에 현금을 넣고 다니는 사람이 줄어든 까닭이다.
훔쳐봐야 건질 소득이 없다.
어느덧 지갑 안을 차지하던 현금이 카드로 바뀐 탓이다.
부자의 지갑은 얇아지고 가난한 사람의 지갑은 두꺼워졌다.
돈으로 꽉꽉 차서 삼겹살마냥 두툼해야 할 지갑에 영수증만 가득하다.
녀석은 이 시대의 삶을 고스란히 투영한다.

부자의 지갑은 다이어트 중,
가난한 이의 지갑은 스트레스로 폭식 중.

이 녀석에게서 나간 어떤 돈은 죽어가는 아이들의 양식이 되고,
부모를 잃은 아이들의 가족이 되고,
생과 홀로 맞서야 하는 노인의 산초가 된다.
도움이 절실한 이들에게 친구가 된다.
돈은 지갑에 갇혀있는 걸 싫어한다.
돌고 돌아서 숱한 사람의 손으로 가기를 원한다.
손에 잡기 좋은 크기와 얇기가 그것을 증명한다.

텅 빈 지갑, 꽉 찬 지갑.
당신은 어떤 지갑을 원하는가?

속

해 방 과
속 박 의
공 통 분 모

무언가에 심취해 있는 상태.
자기통제가 거의 불가능하지만
중독자는 매우 논리적으로 자기방어를 하려 든다.
이것은 다른 형태의 자기 해방이자, 스스로를 옭아매는 속박이다.
일시적인 해방감을 얻는 대신 자신과 삶을 송두리째 저당잡힐 수 있다.

지독한 심취로부터 벗어나는 건 죽기만큼 어렵다.

중독은 일시적인 해방감을 체험시키며
더 강한 구속과 충동을 갈망케 한다.
그렇게 끊임없이 어두운 세계로 끌어들인다.
부정하던 현실을 망각시키고 불가능한 것을 신기루처럼 펼쳐 경험하게 한다.
경험된 중독은 영화보다 생생하지만
현실을 등진 기이한 쾌락의 세계일 뿐이다.

술이나 마약만큼 사람, 일, 권력, 돈에 중독되는 것도 치명적이다.
한 존재를 무기력에 빠뜨리고 헛된 망상에 사로잡히게 한다.
이보다 무서운 건 세상을 허무는 데 중독의 힘이 쓰이는 것이다.
삶이 힘겨울 때 무엇에라도 중독되지 않고서는 배길 수 없는 순간이 찾아온다.
생을 전복시키는 위험이 도사리더라도
뭔가에 의지하고 싶은 게 삶 아니던가.
그럼에도 모두들 위험한 제안에 흔들리지 않고 꿋꿋이 살아간다.

분명, 세상 어딘가에는 좋은 중독이 살고 있을 것이다.
그렇다면 기꺼이 깊게 심취해도 괜찮지 않을까.
그때서야 좋은 것이 위태로운 것에게 어깨를 내어줘서
스스로 일어서게 해줄지 누가 알겠는가.

가닿을 수 없는 본능이자 의지

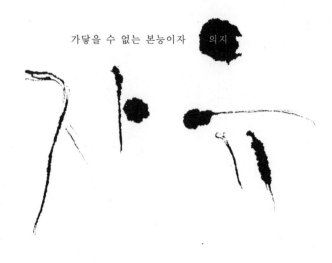

입을 수 없는 옷.
옷걸이에 걸린 채 눈앞에 있는데도 막상 입으려고 하면
팔 한쪽도 들어가지 않을 만큼 작거나 지나치게 커서
이불을 뒤집어 쓴 듯 보인다.
잘 맞는 옷처럼 보이지만 걸치기만 하면 기이한 꼴이 되는 까닭에
자유는 규정되지 않는 하나의 세계다.
존재의 본능이고 의지인 이것은 아이러니하게도
입고 있던 욕망을 벗어야만 입을 수 있는 요상한 옷이다.

욕 망 의 자 투 리 까 지 버 리 지 않 고 서 는
흉 내 조 차 내 지 못 할 마 음 의 해 방 .

안타깝게도 완전한 것은 누구도 가질 수 없다.
상상 속의 자유라도 그렇다.
지금 당장, 원하는 형태의 자유를 상상해보라.
여전히 숱한 관계와 규정에 얽히고설킨 채
골치 아프게 오르락내리락할 뿐일 것이다.
타인의 자유를 침범하지 않는 완전한 자유란
얼마나 궁핍한 몸짓이고, 모습이겠는가?
이렇듯 홀가분한 단어가 삶을 둘러싼 울타리에 갇힌 채로 살아가는
염소와 다를 바 없다.
누구든 자신의 의지대로 풀려나가길 희망한다.
그러나 절망의 나락으로 떨어지고 만다.
존재 자체가 불완전한 모순에 빠져있다는 사실을 인식하는 순간,
자신이 얼마나 한심하던가.
어떤 노력과 대가를 치뤄서라도 그것을 얻을 수 없다는 걸 경험하면
속박된 채로 살아가는 걸 마다하지 않는다.
마음으로 이렇게 되뇌며 위로할 것이다.
'애초부터 자유란 욕망계와 상상계 사이에 존재할 뿐이야.'
그럼에도 그것을 향해 전진해야 한다.
자유를 향한 갈망이 숨을 멎으면 생의 고귀한 것들마저 사라지게 되니 말이다.

기대, 희망, 따스함, 응원, 도움, 연민, 사랑……
이마저도 자취를 감추고 나면
더 이상 붙잡을 것이 세상에 남지 않을테니.

뜨거운 피가 흐르고 맥박이 거침없이 뛰는 곳

언어로 쓰여진 생의 발견이자 사유.
그렇기에 시는 철학자의 사유이고, 광부의 몸짓이다.
시인은 끊임없이 묻고 또 묻는 철학자이고,
깊은 곳에서 반짝이고 있는 진실을 캐는 광부다.
무엇이 나올지 깨달은 채로, 때로는 아무것도 모르는 채로.
한 줄로 세상을 바꾸는 건 혁명가의 외침도 아니고
명쾌하게 핵심을 파헤치는 한 줄의 광고 카피도 아니다.

오 직 , 한 줄 의 시 다 .

혁명의 피보다 더 진한 선동의 언어가 시다.
시의 생명이 긴 까닭은
사람과 자연 그리고 삶에 대한 따스함을 잃은 적이 없기 때문이다.
그 언어 안에 뜨거운 피가 흐르고 맥박이 거침없이 뛰는 까닭이다.

그러면서 우리 자신을 들여다보게 할 만큼 매혹적이다.

욕망을 몸으로 받아내는 청소부.
이들은 열망으로 뜨거워진 감정을 품어서 식혀주고,
어지러웠던 마음을 평온해지도록 하는 영험한 힘을 지녔다.
아주 오래전부터 몸으로 몸을 받아내던 이들은 유서가 깊다.
긴 역사만큼이나 이들의 수는 통계 자료로도 드러나지 않는다.
붉은 방에 자신을 감춘 채 살아가기 때문이다.

그러나 어느덧 어린 이들마저 능란한 몸짓으로 뜨거운 욕망을
가뿐하게 처리하게 되었다.
낯선 이 앞에서 망설임도, 가식도 없다.
친절하게도 타인의 삶과 내력에 호기심도 없으며
매 순간 앞에 있는 단 한 명만을 위해 몸을 연다.
이것이 어려운 일인 줄 아는 건 이들뿐이다.
한 사람이 다른 한 사람과 몸을 섞는 일이
일생에 얼마나 되는지 떠올려본다면 말이다.
그렇기에 이들은 기꺼이 칭송받아야 한다.

붉은 방에 자신을 감춘 채 살아가는

사랑이 헬륨가스를 삼킨 풍선처럼 가벼워진 시대.

이들은 오히려 두려움과 편견을 파괴해버림으로써
사랑의 본질에 대해 질문을 건넨다.
극명하면서도 극적으로 증명된 사랑이 어디 있는가.
직업인으로서 이들은 슬프지 않다.
그저 우호적이지 않은 세상 사람들의 시선에 슬픔을 느낄 뿐이다.

어디에도 뜨거움을 하소연 할 곳 없는 자를 기꺼이 받아안는
이들이야말로 따스한 인간애를 지녔음을.
너희는 아느냐.
그림 속 모델처럼 미소 짓는 일이 얼마나 고통스럽고,
환희를 가장한 목소리를 유지하는 게 얼마나 힘겨운지를.

지금 이들은 청소를 하고 있다.
욕망의 깊고 외진 곳을 털고 쓸고 닦는다.
육체와 사랑을 별개의 것으로 규정하는 투철한 직업 정신으로 무장하고서.
아직도 몸으로 받아내야 할 욕망이 에베레스트산 몇 개는 더 남았다.
인류가 멸종하기 전까지.

음악

시공을 촉촉이 적시는 멜로디, 리 듬

부드럽고 촉촉한 해풍에 실려 날아오는
시 의 운 율 같 은 것 .
경외의 대상인 자연이
초라하기 짝이 없는 인간에게 건넨
감 미 로 운 선 물 .

모든 뮤지션은
이 선물을 세상에 전하는 전령이다.

계절에 따라 같은 음악이 다르게 들리는 건
그때마다 공기의 입자와 농도가 다르고
악기의 공명 또한 기후의 영향을 받기 때문이다.
피아노 소리가 투명해지는 계절이 있고,
현 소리가 깊어지는 계절이 있듯이.

어느덧 음악은 삶의 배경이 되었다.
하던 걸 멈추고 잠시 귀 기울이면
곁을 서성이고 있는 그를 만날 수 있다.
거리에서,
카페와 레스토랑에서,
마트와 백화점에서,
드라마와 영화에서.

음악은 세상을 조화롭게 하는 멜로디다.
감정 상태에 따라 듣고 싶은 음악이 달라지듯,
음악은 삶에 알 수 없는 리듬을 부여한다.

삶이 딱딱하게 굳어간다면
가끔씩 이 녀석에게 홀딱 빠져 살아도 나쁘지 않다.
베토벤, 모차르트, 비틀즈, 마일즈 데이비스, 마이클 잭슨……
그러고 보니 예나 지금이나 음악에 미쳐서 살았던 이들이 많은 건
우연이 아니다.

삼국지

권모술수에 관한 가장 적나라한 은유

일류 주방장을 꿈꾸는 자들의 투쟁사.
그들을 둘러싼 권모술수에 관한 흥미진진한 기록.

어떤 재료로 요리를 만들 것인가를 두고
팽팽한 긴장과 피 튀기는 싸움이 아침 드라마보다 극적으로 전개된다.
생이라는 솥 안에서 혁명을 꿈꾸는 자라면
이 기록을 읽은 뒤 당장 앞치마를 두르고 주방을 점령하라.
세상사는 결국 먹고 사는 문제로 귀결되니.
주방도, 집도, 회사도, 사회도, 국가도 마찬가지다.
잘 먹고, 잘 자고, 잘 싸면 어디서도 군소리가 나올 리 없다.

먹고 사는 문제는 개인의 삶 그 자체이며,
욕망과 그 욕망이 초래하는 결과의 전부다.
그렇기에 이들의 승부는 자신의 욕망을 어떻게 펼칠 것인가로 결정 난다.
한 개인의 역사란 그가 평생토록 펼친 욕망의 흥망성쇠를 그린
전개도가 아니고 무엇이겠는가.
그것이 무엇이든 영원한 것은 없다.
아무리 뛰어난 주방장도 출중한 누군가에게 자리를 내주고 만다.
그럼에도 권력을 향한 의지는 쉽사리 줄어들지 않는다.
오히려 더 강력한 방식으로 존립하려고 무모하게 시도하다가
명을 단축하는 사례도 흔하다.

한 방을 노리지 않고 욕심 없이 사는 게
이토록 위험한 세상에서 안전하게 사는 길이 아닐까.

온전한 나로 살고 싶은　본성

독립

투명에 가까운 본성의 의지.
인 간 은 과 연 온 전 한 ' 나 ' 로 살 수 있 을 까 ?
천박하고 무지막지한 세상의 시선으로부터,
얽히고설킨 잔혹한 관계로부터.
햇살 아래 놓인 돌멩이처럼 자아를
단단하고 구체적으로 존재케 할 수 있을까?

인간은 나무와 같다.
삶의 터에 뿌리를 내린다.
굳게 내리는가 하면 허물어지는 비탈에 아슬하게 서기도 한다.
때로는 무엇인가에 기대어 산다.
그렇다고 하여 저를 잊고서 다른 존재로 살지는 않는다.
같은 종이라도 모두 다르다.
인간이 제각기 다르듯.

그러니 독립은 세계 속에서 자신을 명확하게 보는 일.
세계와 타자의 관계 속에서 익숙해진 본성이 아닌 본연의 자신을 발견하는 것.

자기답게 서지 않고서는 독립할 수 없다.
그렇기에 독립은 주체적인 생각대로 실천하며 살겠다는 의지를 뜻한다.
오후의 긴 그림자처럼 외부 영향 속에 있는 사람의 정신이
온전히 제 것이라고 할 수 없다.

숲 가운데로 낙하하는 가을 햇살 같은 투명한 본능에 이끌려야 한다.
생이 부끄럽지 않을 때
독립은 당당한 걸음으로 삶에 깃든다.

인과응보에 관한 원초적 비유.
원인이 부른 마땅한 결과.

따끈따끈한 최신 증거물을 통해 녀석은
'먹은대로 싼다'는 문장을 한 치의 오차도 없이 증명한다.
제게서 나온 진실한 형체 앞에서 수치심을 느끼는 건 당연하다.
진실은 때로 추한 자신을 향한
차갑고도 부끄러운 응시이자 성찰이기에.

더러운 똥이 무서운 것이 아니라
자기 자신이 그럴지도 모른다는 자각의 엄습이 두렵다.

똥만큼만 솔직하게 살면 똥만도 못하다는 말은 듣지 않을 것이다.
몸에 좋은 음식을 알맞게 먹으면 그것에서 나쁜 냄새도 사라진다.
입에 달고 몸이 싫어하는 걸 마구잡이로 삼기면
고약한 냄새와 흉측한 형체를 지닌 진실과 마주하게 된다.
좋은 결과를 원한다면 마땅히 그에 상응하는 원인을 제공해야 한다.
녀석이 인간에게 들려주고 싶은 말은 이것이다.
"더럽다고 피한다고? 더럽다는 말이 결국 무섭다는 말이다"

더럽다고 계속 피하기만 한다면,
죽을 때까지 추한 자신을 이기지 못할 것이다.

원인이 부른

마땅한

결과

삶의 본질을
건지려는
그물질

믈ㅇ릉ㄷ

삶을 향해 찍는 두렵고 떨리는 의문부호.
눈앞의 현실이면서 신기루 같은 삶,
그 속에서 본질을 건지려는 그물질.

사소한 흥밋거리에는 열광하고 궁금해하면서
어째서 삶에는 이토록 무관심한 것일까.
의문을 품지 않은 채로 사는 삶이 편하게 느껴지는 건
진실이나 본질로부터 멀리 떨어져 표류하고 있기 때문이다.
삶에의 물음은 낯설고 힘든 오지를 걷는 탐험가처럼
의심스럽고 위태로운 것에 맞서 생의 중심부를 횡단하는 일이다.
의문부호를 찍는 일은 삶을 알아가는 기초이자 과정이다.
살아지는 대로 살면 편하다. 물음 자체가 피곤해진 세상이니까.

특히 제 안에 물음을 던지는 일은 자신을 괴롭히는 힘든 여정이다.
그런 까닭에 사람들은 질문하지도 답을 들으려고도 하지 않는다.
저를 온전히 알기 위한 일임에도 두려워 피한다.
진실과 대면하는 건 때로 무서울 것이다.
아는 일은 멋지지만 이따금 골치 아픈 일들을 끌어들이니까.

하지만 자신과 삶, 세상을 알아가는 것이야말로 얼마나 특별한 여행인가.

망설이지 말고 삶을 향해 그물질을 하자.
언젠가는 고대하던 답이 턱하니 걸리게 될지 모르니.

슬픔, 아픔, 절망에 종말을 고하는   마 지 막   몸 짓 .
죽음을 섭리에 맡기지 않는 이것은 상처받은 영혼의 자발적 선택이다.
삶이 죽음보다 무거운 이들에게서 종종 나타난다.
어떤 이는 이것을 나약함의 상징이나 죄악쯤으로 여긴다.

우리 주변에 서성이고 있는 이것은
생명체가 갖고 있는 본능 중 하나다.

어느 날 문득 찾아올지 아무도 모르니
이 불편한 선택을 두고 죄악이냐 아니냐를 따지는 건 부질없는 갑론을박이다.
살아있는 그 누구도 한 사람이 겪었을 절박함과 두려움, 죽음에 관한
어떤 연구보다 더 깊었을 고민에 대해 운운할 자격이 없다.
어쩌면 그네들이 아니라 살아있는 우리 모두에게
책임을 물어야 할지도 모른다.

우리는 무심히 '죽을 힘으로 살면'이란 말을 가정해왔다.
'죽을 힘'이라는 말은 실로 무섭다.
오히려 죽지 못해 살아가는 것이 더 힘든 일 아닌가.
그러니 '죽을 힘으로……' 살라는 문장은 응원이 아니다.
자발적으로 죽음을 선택할 수밖에 없는 이들을 향한
살아있는 자들의 비아냥일 뿐이다.
감당할 수도 없는 무게의 말을 우리는 너무 쉽게 내뱉었던 게 아닐까.
무라카미 류의 책 『자살보다 섹스』란 제목처럼
죽음이 아닌 다른 대안을 찾아야 한다.

완전히 다른 삶을 찾아나서는 것.
이를테면 길 위를 떠도는 여행자로 살아보던가,
몇 달 혹은 몇 년씩 대양을 떠도는 뱃사람이 되어보던가.
그것도 아니면 만년설을 품고 있는 언덕배기의 외진 절로 들어가던가.

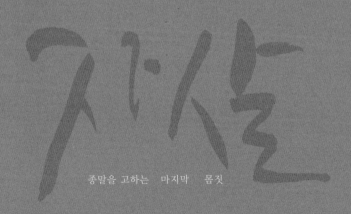

종말을 고하는   마지막   몸짓

만화

고작 하룻밤의 망각

사각 박스와 말풍선이 펼치는 천일야화.
눈물 냄새를 시큼하게 풍기는 드라마였다가
심장을 쫄깃하게 만드는 액션 영화로,
사랑과 연애를 담은 흥미진진한 소설책이었다가
삶을 돌이켜보게 하는 철학책이 되기도 한다.
현실을 비꼬아서 익살스럽게 만드는 천부적인 재능까지 지녔다.

이야기가 그림의 옷으로 갈아입으면 만화가 된다.
만화가는 머릿속을 유영하던 온갖 이야기를
사각 박스에 차곡차곡 담는 사람이다.

누구라도 아름다운 사랑을 하고,
무일푼인 사람도 열정 하나로 성공 가도를 달리고,
알지 못했던 놀라운 능력으로 악당을 처단하고,
무림 고수가 되어 대대로 숙원 사업이던 복수를 실현하기도 한다.
이 사각의 세계에는 불가능이란 없다.
그러나 어떤 작가는 부러 불가능을 그려낸다.

삶의 치부를 적나라하게 까발리듯이.

텍스트만이 지식의 최상급이라고 믿으며 만화를 하찮게 여겼던 시절도 있었다.
저급한 것으로 여기는 심리적 기류는 여전히 사람들 사이를 헤집고 다닌다.
그럼에도 어른, 아이 할 것 없이 한번 붙잡은 만화책은 내려놓기 어렵다.
디지털 만화가 인기를 끌면서 만화방에서 라면이나 자장면을 먹던
소소한 즐거움은 추억이 되어 사라졌다.
공간을 잃어버린 디지털 시대의 만화는 더 이상 추억과 몸을 섞지 않는다.

가끔은 이 중독적인 그림책을 옆구리에 잔뜩 끼고서 밤을 지새우고 싶다.
삶의 고민은 잊은 채,
만화 속 주인공이 되어 일탈의 짜릿한 카타르시스에 빠져도 좋겠다.

고 작   하 룻 밤 의   망 각 에   불 과 할 지 라 도 .

비켜섬

차이와 다름의 벽

차 이 와 다 름 의 경 계 .

이 경계가 단단해질 때마다 고약한 것들이 우리 의식에 깊이 뿌리를 내린다.
뿌리박히면 웬만해서는 캐내기 어렵다.
그렇게 생각이란 방에 사소한 차이나 다름이 위태롭게 쌓인다.
공통분모처럼 일반화된 가치가 기준이 되어 안과 밖을 나눈다.
그런 까닭에 흔하지 않거나, 특이한 것을 기준 밖으로 밀치며
비정상이라 몰아붙인다.

의식을 고착시키는 건 권력이 오랜 시간 행사해왔던 통제 방식이다.
문제는 이 형편없는 통제가 오히려 세상에 틈을 만들어
삶을 허무는 끔찍한 비수가 되는 것이다.
어느 순간 정상이 비정상이 되는 역전 현상이 일어났던 것을 모두 잊어버렸다.
지구가 중심이라 여기던 시절에는
발을 딛고 선 이 세계가 우주의 중심이고, 전부라고 여겼다.
그렇기에 태양이 우주의 중심이라는 낯선 생각은
위험한 것으로 간주되었고 누군가는 형장에 서야만 했다.

이러한 아이러니를 떠올리면
정상과 비정상의 구분이 어찌 우습지 않겠는가.

누군가를 삶의 나락으로 떨어트리는 차별의 절벽은 깊고 어둡다.
정상, 비정상은 애초부터 없다.
모난 것을 다듬어 대량생산되는 공산품처럼
획일화된 것에 익숙해졌을 뿐이다.

혁명

고정관념을 부수는 일

익숙한 고정관념 하나를 바꾸는 것으로도 혁명은 일어난다.
농부가 봄이 새로 올 때마다 땅을 갈아엎듯이
반복되는 일상에서 습관이 된 행동을 바꾸는 일이 필요하다.

포커판에서 받은 마지막 히든카드가 혁명일 리 없다.
손에 쥔 패가 초라한 삶을 송두리째 엎을 혁명처럼 보이지만
그건 운에 기댄 도박일 뿐이다.
그런 것에 삶을 맡길 수는 없다.
더 나은 세계는 혁명으로 오지 않는다.

혁명은 한 방에 큰 건을 해결하는 비책이 아니다.
조용한 삶의 내부에서 일어나는 진화만이 살아있는 것이며
세상을 바꾸는 위대한 힘이 된다.

우연하게, 때로는 마땅히, 삶의 매 순간에 혁명을 일으킬 수 있다.
개개인의 삶에 혁명이 일어나지 않고서
사회에, 국가에, 지구에 혁명적인 순간은 도래하지 않는다.

혁 명 의   이 름 은   거 창 하 지 만   시 작 은   미 약 하 다 .

내 안에 오래도록 자리 잡아온 냉소와 무관심, 습관으로부터
자신을 구출하는 것에서 혁명은 마침내 의지의 형태로 모습을 드러낸다.

글씨의 아름다움을 품은 단어는
머릿속에서만 맴돌던 어떤 말을 선명하게 바꾸어놓았다.
너무나 당연해서 스쳐버린 일상의 기억들이
책을 읽는 순간 이토록 싱싱하게 다가올 줄은 몰랐다.
슬금슬금 읽다 보면 끝나버리는 한 권의 분량이 아쉽다.
윤광준(사진가)

/

카피라이터이자 작가인 김기연은 독특한 문장으로 글쓰기의 전방위를 넘나든다.
낱말에 천착하는 유희로 짐짓, 인간을 외면하다가
인간 지향의 따뜻한 시선으로 매듭지은 『단어의 귓속말』은
대단히 매혹적인 사유의 놀이터다.
손종수(시인)

/

캘리그라피 작업을 하고 있는 나는 늘
남들이 보지 못하는 잠재적 교감에 목말라했다.
그런데 이 책에서 눈길을 사로잡은 것이 있었다.
일상의 단어들을 저자만의 특별한 사고로 재해석하고,
캘리그라피로 감성의 옷을 입혀 글씨의 표정을 만들어냈다는 점이다.
이상현(캘리그라퍼)

/

김기연 그는 천생 '장이'다.
그의 생각을 거치면 우리 사고 속에서 쉬고 있거나 잠들어 있던
언어들이 펄떡거리기 시작한다.
그의 카메라가 깜빡이면 메마른 보도블록에서도 철학이 꿈틀거린다.
그래서 그는 글장이요, 사진장이다.
그와 눈을 마주치는 순간, 사유의 지평이 한 뼘 넓어진다.
엄민용(경향신문 기자)

/

가장 작은 크기의 말을 그릇으로 대하며 그 안에 무엇이 담겨있는지 생각하고
시간을 들여 쓴 글이 『단어의 귓속말』일 것이다.
이 그릇의 크기는 함부로 가늠할 수 없다.
한 사람이 이미 하나의 우주인 것처럼
'단어'라는 그릇에는 어쩌면 말 전체를 담을 수 있을지도 모른다.
시와(음악가)

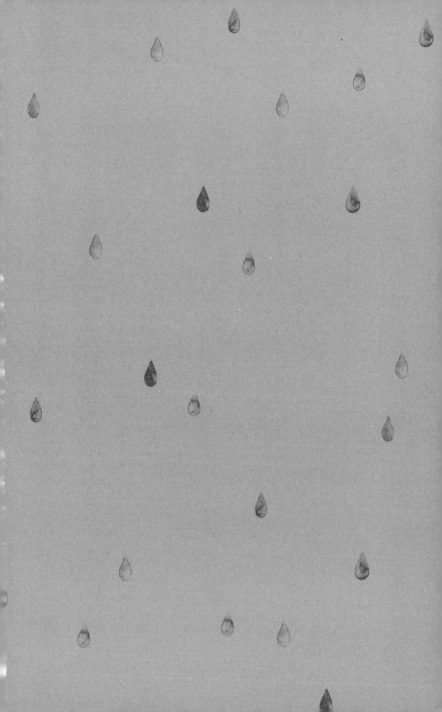